Isabella Bossi Fedrigotti

Ferien mit Budischowsky

Isabella Bossi Fedrigotti

Ferien mit Budischowsky

Roman

Aus dem Italienischen
von Eva-Maria Wagner

Mit elf Illustrationen
von Claudia Sanna

Piper
München Zürich

Die italienische Originalausgabe erschien 2003
unter dem Titel »La valigia del signor Budischowsky«
bei RCS Libri S.p.A., Mailand

ISBN 3-492-04641-x

Gesetzt aus der Berkley Old Style
Gesamtherstellung: Kösel, Krugzell
Printed in Germany

www.piper.de

Meinen Spielkameraden

GELAT

Othello

Kaum war das Schuljahr zu Ende, mußten wir Kinder auch schon ans Meer fahren – sicher, um die günstigen Preise der Vorsaison nicht zu verpassen. Die Eltern blieben natürlich zu Hause. Unser Vater mußte arbeiten, und Mama mochte weder schwimmen, noch am Strand in der Sonne liegen; vielleicht fand sie es zu anstrengend und zu heiß, vielleicht war es aber auch damals noch nicht üblich. So reisten wir mit unserer winzigen Tata (wie die Kindermädchen in Italien von ihren Schützlingen genannt werden), die wir alle, einer nach dem andern, schon im Alter von etwa zwölf Jahren überragen sollten. Sie war zwar klein, aber energisch und durchaus imstande, mit vier Kindern, die altersmäßig nicht weit auseinanderlagen, sowie diversen eigenen Taschen und einem großen gemeinsamen Koffer für uns Geschwister eine Fahrt mit der Eisenbahn zu meistern.

Dieser Koffer aus hartem, altem Leder, übersät mit Flecken und dunklen Verfärbungen, die wie Blutergüsse aussahen, war schon in leerem Zustand sehr schwer. Im Familienjargon hieß er – und heißt er bis heute, denn es gibt ihn immer noch – »Budischowsky«, nach dem Namen seines Herstellers, eines böhmischen Lederwarenfabrikanten aus Brünn, der ihn in den zwanziger Jahren für unseren Vater, als der noch ein kleiner Junge war, und für dessen Bruder und Schwester gemacht hatte.

Darin lagen in schönster Ordnung unsere Hosen, Röcke, Hemden, Pullover, Blusen, Unterwäsche, Strümpfe und Schuhe, alles ganz systematisch zusammengelegt, wie es den Maßstäben unseres tüchtigen Kindermädchens entsprach. Mittendrin prangten in Gelb unsere wollenen Badeanzüge zum Wechseln. Sie waren von der Dorfstrickerin mit der Hand angefertigt worden und kratzten auf der Haut; mit denen durften wir nicht ins Wasser gehen. Manchmal taten wir das trotzdem, um nicht wieder in das nasse Badezeug steigen zu müssen, was allerdings zur Folge hatte, daß wir dann stundenlang die mit Wasser vollgesogenen Höschen anbehalten mußten. Ein dritter Badeanzug galt als Luxus und wurde, wie jede Art von Luxus, gar nicht erst in Betracht gezogen.

Einen Tag nach Ende des Schuljahrs kletterten wir also mit Brötchen und Thermoskanne in den Zug; in Bologna mußten wir umsteigen. Jeder hatte seine Aufgabe: Tata kümmerte sich um Budischowsky, ich nahm meine kleine Schwester an die Hand, und meine Brüder schleppten die Taschen und andere kleinere Gepäckstücke – die sich auf geheimnisvolle

Weise vermehrten – samt dem Teddy der Kleinen, meiner Lieblingspuppe, unserem Proviant fürs Mittagessen, Tatas Strickzeug und dem Buch, das sie lesen würde, falls wir alle eingeschlafen wären oder uns besonders brav und still verhielten.

Während der Reise erzählte uns Tata Geschichten, schälte Äpfel, schnitt sie in Stücke und verteilte sie an uns. Die von zu Hause mitgebrachten Brötchen versüßte sie uns manchmal noch mit einem Extra, in der Regel mit Keksen von dem Verkäufer, der mit seinem Wägelchen den Bahnsteig von Bologna entlangfuhr und dabei lauthals Unverständliches ausrief – zumindest für uns. Klein wie sie war, gelang es ihr nicht, sich aus dem Fenster zu lehnen. Darum zog sie sich die Schuhe aus, stieg auf den Sitz und versuchte, mit laut erhobener, flehender Stimme die Aufmerksamkeit des Händlers auf sich zu lenken. »Per favore, per favore, bitte schön«, rief sie immer wieder voller Angst, denn sie fürchtete, der Zug würde weiterfahren, bevor sie die Kekse entgegennehmen konnte. Wir blickten in die Runde, um zu sehen, wie die Mitreisenden reagierten, und ein bißchen war es uns auch unangenehm, aber dann freuten wir uns über das, was sie für uns ergattert hatte.

Abends landeten wir wie immer in all den Jahren, in denen wir ans Meer fuhren, in der Pension »Pineta« in Bellaria. Aus Sparsamkeitsgründen zu fünft in zwei Zimmern: Tata mit unserer kleinen

Schwester in dem einen und wir drei Größeren zusammen in dem anderen, auf schmalen Feldbetten, Gestellen mit Eisenfüßen, die auf dem gefliesten Fußboden quietschten. Nach einem Spaziergang über den hell erleuchteten Corso der Strandpromenade, vorbei an Ständen mit Sandaletten und Schwimmreifen, an Eisverkäufern und Karussells – ein Bild, an das wir zwar gewöhnt waren, das uns mit seiner gezwungenen Fröhlichkeit aber immer fremd blieb –, gingen wir sofort ins Bett; wir beiden Jüngsten auf jeden Fall schon mit Heimweh nach unserer Mama, nach zu Hause und sogar nach der Schule.

Natürlich haßte ich das Meer, und vor allem dieses Meer. Wegen der Pension »Pineta«, wo man uns für Deutsche hielt und wo man im Glauben, wir verstünden kein Italienisch, über unsere energische, liliputanische Tata ebenso spottete wie über die erzwungenen Sparmaßnahmen, die uns durch das von unserem Vater abgezählte Geld auferlegt waren. Diese Sparmaßnahmen machten es uns unmöglich, am Strand Liegestühle oder Tretboote zu mieten oder an Bootsausflügen teilzunehmen, es sei denn, Tata spendierte uns dies aus eigener Tasche. Und dann und wann zapfte sie wirklich ihren kärglichen Lohn an: für eine Fahrt mit dem Tretboot, für einen Krapfen, für eine Runde auf dem Karussell, für ein Eis und für wunderbar weiche Aprikosen, mit denen sie uns darüber hinwegtröstete, daß wir einen Mittagsschlaf halten mußten.

Ich haßte das Meer auch wegen dieses widernatürlichen Gebotes, am hellichten Tage, bei strahlendem Sonnenschein geschlagene zwei Stunden »zu ruhen«. Es war vor allem auch deshalb abscheulich, weil es nur meine Schwester und mich betraf: Wir waren aufgrund unseres Alters und nur, weil wir Mädchen waren, zu einer anderen Behandlung verdammt als unsere Brüder, denn diese blieben von der erniedrigenden, sinnlosen und kränkenden Zwangspause verschont. Wachliegend verbrachte ich die zwei toten Stunden in der schwülen Hitze des Zimmers und betrachtete die Lichtstreifen, die die Sonne durch die Rolläden an die Wand malte. Da ich keine Uhr besaß, konnte ich die Zeit nicht messen, sie kam mir wie eine kompakte, gewaltige, unverrückbare Blockade vor, deren Ende ich nicht vorauszusehen vermochte. Wenn eine Ewigkeit verstrichen schien, flehte ich die still im Nebenzimmer liegende Tata mit leiser Stimme an, sie solle doch kommen und mich befreien. Mal antwortete sie überhaupt nicht und stellte sich schlafend, mal nur mit einem langen Pssssst.

Aber besonders verabscheute ich am Meer den Strand, den glühendheißen Sand, den Hut, den ich aufsetzen mußte, das Sonnenöl, mit dem ich alle halbe Stunde am ganzen Körper eingerieben wurde und das einen mit Sand panierten Fisch aus mir machte. Sonnenöl, das gar nichts nutzte, wie man sah, wenn mein Rücken und meine Schultern spätestens am dritten Tag feuerrot waren von den Verbrennungen, die ich mir zuzog, wenn ich in praller Sonne mit einer Schaufel tiefe Löcher buddelte, bis ich auf Wasser stieß.

Zur Linderung puderte Tata mir den Rücken und die Schultern mit Talk, allerdings ließ dadurch das Brennen nicht nach, und am nächsten Morgen wachte ich nichtsdestotrotz mit Blasen auf. Dann mußte ich ein paar Tage im Zimmer bleiben, so lange, bis das Feuer auf meinen Schultern erloschen war. Als einziger Blondschopf in der Familie wurde ich allein von dieser Plage heimgesucht, und gerade weil ich in der Minderheit war, kam es niemandem in den Sinn, Vorsichtsmaßnahmen zu ergreifen, zum Beispiel die zwei Wochen in Bellaria einfach abzuschaffen.

Ich mochte das Meer nicht, weil die anderen Kinder in der Pension sich alle kannten; sie spielten in dem kleinen Garten zusammen, badeten zusammen im Meer und gingen gegen Abend zusammen aus, während ihre Mütter, Tanten, Omas oder vielleicht auch ihre Kindermädchen wie alte Freundinnen miteinander plauderten. Und obwohl wir Jahr für Jahr wiederkamen, kannten wir niemanden, und unsere kleine Tata war trotz ihrer guten Italienischkenntnisse nicht mit den Müttern, Tanten und Omas befreundet. Natürlich gab es hier ein paar Kinder, die wie wir auch jedes Jahr im Juni wiederkehrten, doch wir glotz-

ten sie nur an, und sie glotzten uns an. Gewiß, wir konnten zu viert spielen, wir vier Geschwister, aber unsere eigenen Spiele, unsere Streiche und Geschichten kannten wir schon in- und auswendig: alles kalter Kaffee.

Ich weiß nicht, warum wir es nicht hinbekamen, uns mit den anderen anzufreunden. Wir waren schüchtern, aber das waren damals die meisten Kinder. Wir dachten, wir seien nicht so wie die anderen, doch ohne deshalb hochmütig zu sein; und das hatte weniger mit guter Erziehung zu tun, die – das wußten wir – Hochmut mißbilligt, als vielmehr damit, daß wir uns den anderen kleinen Gästen schrecklich unterlegen fühlten, waren diese doch allesamt voller Tatendrang, gesprächig und unbefangen und freundeten sich zu unserem Erstaunen gleich am ersten Abend miteinander an. Wir warfen ihnen neidvolle Blicke zu, wenn sich die lärmende Schar nach dem Abendessen auf den Weg zur Strandpromenade machte, um die Karussells und Eisverkäufer anzusteuern. Dieser Spaziergang war uns verleidet, eben weil wir immer allein gingen, während die anderen Kinder sich in Gesellschaft befanden und zusammen schwatzten und lachten.

Wahrscheinlich bemitleideten sie uns, wenn wir uns auf halbem Weg begegneten und sie uns immer so isoliert sahen – sie fröhlich plappernd und wir in stummer Schüchternheit, sie in leuchtenden Farben und nach der neuesten Mode gekleidet und wir wie brave Kinder zeitlos und bieder. Vor allem durch die Schuhe unterschieden wir uns: Wir Mädchen trugen die gleichen offenen braunen Sandalen wie die Jungs, mit oder ohne Strümpfe, auch wenn wir an den Strand gingen; dagegen erblickte ich an den Füßen der anderen Mädchen wunderhübsche Holzsandaletten mit kleinen Absätzen, die auf den Fliesen der Pension ein damenhaftes Klippklapp erzeugten. Und abends tauschten sie sie gegen rosa, rote oder hellblaue lackglänzende Ballerinaschuhe aus, die ich jahrelang vergeblich auf meinen weihnachtlichen Wunschzettel setzte.

Irgendwann nahm jemand unsere Einsamkeit, unsere Isolation wahr – vielleicht unser Kindermädchen unmittelbar oder auch unsere Eltern, die es aus Erzählungen schlossen. Womöglich erregten wir Tatas Mitleid, und sie machte sich Gedanken um uns, vielleicht erkannte sie, daß es nicht ausreichte, uns Geschichten zu erzählen, Bücher vorzulesen, mit uns Karten oder Mühle zu spielen, und sie begriff, daß wir Freunde in unserem Alter brauchten. Jedenfalls reisten ab einem bestimmten Jahr unsere Cousins und Cousinen mit uns ans Meer, und damit fühlten sich diese Ferien anders an.

Nicht nur, weil wir endlich wie die anderen Kinder unsererseits eine Gruppe bildeten – also stärker waren und man uns nicht mehr, zumindest nach unserer Ansicht, veräppeln und bedauern konnte –, sondern auch, weil unsere Verwandten, die noch hellhäutiger und blonder waren als ich, ebenso gezwungen waren, einen Hut aufzusetzen, sich mit Sonnenöl einzuschmieren und sich im Schatten des Sonnensegels aufzuhalten. Und trotzdem standen sie, genau wie ich, innerhalb von zwei Tagen mit feuerroten Schultern da.

Die unvermeidlichen Sonnenbrände erschienen uns fast wie eine Art Preis, die sie für unsere Nachsicht zahlen mußten: Nachsicht für ihre vielen Badeanzüge, für die schönen, farbenfrohen Hemden und Blusen, dafür, daß ihre Garderobe vielfältiger und eleganter war als unsere, von besserer Qualität und Verarbeitung, alles in allem hochwertiger, kurzum: in offensichtlich edlen Geschäften gekauft und nicht wie unsere auf dem Markt oder mit glühenden Nadeln von der Schneidergehilfin im Dorf zusammengenäht, noch dazu fast immer aus den abgelegten Kleidern unserer Eltern.

In einigen Alben existieren noch Fotos, auf denen wir mit unseren Cousins und Cousinen in Reih und Glied am Strand stehen, die Augen zusammengekniffen, die Gesichter wegen der starken Sonne zu Grimassen verzogen, die Kleinen mit riesigen Schwimmringen um den Bäuchen, die so schwarz waren wie der Schlauch eines Autoreifens und an deren Geruch und sogar Geschmack ich mich noch zu erinnern meine, da ich im Wasser stets meinen Mund an das Gummi preßte. Ein gewisser unauslöschlicher Ausdruck von Verlorenheit liegt auf unseren Gesichtern, wie bei Kindern in Ferienlagern, ohne Anflug eines Lächelns. Eigentlich paradox: Im Grunde hätten wir fröhlich sein müssen, zufrieden, endlich mit anderen in einer Gruppe spielen zu können. Und statt dessen schauen wir alle schüchtern drein, wie jemand, der sich ein wenig unbehaglich fühlt und am liebsten woanders wäre.

Wer weiß, wer die Fotos geschossen hat, vielleicht der Bademeister, vielleicht unser Vater oder die Tante, die zu Besuch kamen, um nachzusehen, ob auch alles seine Ordnung hatte. Die Tatas jedenfalls nicht, denn beide, unsere und ihre, sind auf den Fotos abgebildet, die eine hüben, die andere drüben.

Ihre Tata war um vieles älter als unsere, immerhin kümmerte sie sich mittlerweile bereits um die zweite Generation, hatte sie doch als Jugendliche schon unseren Vater sowie Onkel und Tante versorgt, als diese Kinder waren. Sie war sehr fromm, es verging kein Tag, an dem sie nicht in die Kirche ging. Am Strand zeigte sie sich niemals im Badeanzug, sondern trug ein langes, ärmelloses helles Kleid, unter dem ihre knubbeligen, schwieligen Füße hervorguckten. Immer hatte sie einen Rosenkranz bei sich; den zog sie häufig aus der Tasche, sogar am Meer, wenn sie im Schatten des Sonnensegels vor sich hin döste. Die alte

Tata bekreuzigte sich vor und nach dem Essen und auch unterwegs, sobald sie an einer Kapelle oder an einem Kreuz vorbeikam. Sie warf den Heiligen Handküsse zu und fragte uns morgens und abends: »Habt ihr schon gebetet? Wißt ihr, daß euer Schutzengel weint, wenn ihr euer Gebet nicht sprecht?«

Ihre Tata und unsere konnten unmöglich Freundinnen sein. Die eine war Italienerin, schon älter, katholisch, bigott, schamhaft und voller Ängste (Paß auf! Tu dies nicht, tu das nicht! Mach dich nicht schmutzig. Wenn du nicht artig bist, sag' ich's deinem Vater. Das macht man nicht so, sondern so!) und stammte aus einer Familie armer Bergbauern, deren Mentalität sie sich bewahrte, obwohl sie es im Laufe der Jahre zu einigem Wohlstand gebracht hatte.

Die andere war Deutsche, viel jünger, Tochter eines Wehrmachtsoffiziers, aufgewachsen in einem eleganten Haus mit Bursche, Köchin und Dienstmädchen, dann infolge des Zweiten Weltkriegs verarmt und gezwungen, sich mit ihrer Arbeit den Lebensunterhalt zu verdienen. Eine Protestantin, die nie zur Kirche ging, eine Gesundheitsfanatikerin, die sich zu allen Jahreszeiten bei offenem Fenster mit kaltem Wasser wusch, eine Nonkonformistin, die sich für nichts genierte und vor nichts Angst hatte, ja, so unerschrocken war, daß sie, wenn es darauf ankam, vor keinem Hindernis zurückwich. Gewissenhaft, eigensinnig, hart, aber auch sehr liebevoll, mit fürsorglicher Zärtlichkeit für uns vier, die letzten der zahlreichen Kinder, um die sie sich in all den Jahren gekümmert hatte, in denen sie mittellos dastand.

Die beiden Tatas konnten einfach nicht miteinander. Sie respektierten sich und belauerten sich gleichzeitig aus der Entfernung. Aber weder spazierten sie am Abend untergehakt über den Corso zu den Geschäften und Karussells, noch plauderten sie bei einer Tasse Kaffee miteinander; sie saßen auch nicht mit ihrem Strickzeug auf einem Sofa der Pension zusammen, so wie ich es bei den Müttern, Tanten und Großmüttern beobachtete. Jede blieb fast ostentativ für sich. Jede sprach von »meinen Kindern«: »Meine Kinder dürfen eine halbe Stunde länger aufbleiben.« – »Meine Kinder bekommen heute Abend ein Eis.«

Unsere Tata ließ ab und zu eine witzige Bemerkung auf Kosten der anderen fallen. Die andere hingegen fragte uns am Ende dieser beiden Wochen, in denen sie uns Bonbons geschenkt und erbauliche Geschichten von kleinen Heiligen und Märtyrern erzählt hatte, immer: »Wen habt ihr denn nun lieber, sie oder mich? Sagt die Wahrheit ...« Und wir schlugen die Augen nieder, stotterten herum, versuchten, irgendwas zu sagen, zu unterscheiden, sie zufriedenzustellen und zugleich die andere nicht zu verraten, um dann ohne weitere Erklärung Reißaus zu nehmen.

Das Jahr, in dem meine Puppe verschwand, war ein ruhmreiches Jahr für unsere Tata, ein eindeutiger Sieg über die Tata unserer Verwandten, konnte diese doch nicht mit einer Geschichte von vergleichbarer Tragweite aufwarten, als sie nach Hause zurückkehrte. Sie vergaß die Sache nie, unsere Tata, und kam unzählige Male wieder darauf zu sprechen, und zwar noch lange Zeit später, als wir schon erwachsen waren, vielleicht weil es ihr Vergnügen bereitete, die Erinnerung an die Ferien am Meer wachzuhalten.

In jenem Sommer hatte ich anstelle der blonden Puppe – meiner absoluten Lieblingspuppe, die sich zur Wiederherstellung ihrer Perücke, an der ich mein Talent als Friseuse allzu heftig ausgeübt hatte, in der Fabrik befand – eine schwarze Puppe mitgenommen, genauer gesagt, einen Puppenjungen mit einem Kopf aus glänzendem Bakelit und feuerroten Lippen. Er war ein Geschenk meines Vaters, der ihn Othello getauft hatte. Othello trug eine rot-weiß gestreifte Hose und dazu ein gleichfarbiges Jäckchen, Arme und Beine waren beweglich. Der Körper unter der Kleidung war aus dem gleichen schwarzen Bakelit, und natürlich deutete nichts darauf hin, daß es sich tatsächlich um einen Puppenjungen handelte.

Ich hatte ihn immer bei mir, nachts im Bett und tagsüber am Strand, auf Spaziergängen, auf dem Markt, beim Karussellfahren. Wenn ich mal beide Hände frei haben mußte, steckte ich ihn in eine

Stofftasche, die mir um den Hals baumelte. Auch für damalige Zeiten handelte es sich um eine altmodische Puppe, weil Othello weder die Augen öffnen und schließen, noch seufzen konnte, wenn man ihn hin und her bewegte. Aber mir gefielen die dicken, festen Locken, die seine Stirn bedeckten, und auch Tata hielt große Stücke auf ihn, denn immerhin hatte mein Vater ihn mir geschenkt, was ungewöhnlich war.

Eines Abends kehrten wir von unserem üblichen Spaziergang zurück, und als wir ins Zimmer traten, in dem unsere Sachen an ihrem gewohnten Platz lagen, stellte ich fest: Othello war weg. Tatas ausgiebiges Nachfragen führte zu nichts, ich konnte mich einfach nicht erinnern, wo ich ihn möglicherweise vergessen hatte. Haargenau ließ Tata jeden Ortswechsel und jede unserer Unternehmungen Revue passieren und kam dann zu dem Schluß, ich müsse ihn an dem Stand liegengelassen haben, an dem wir wie gewöhnlich Aprikosen gekauft hatten. Es war schon fast Zeit zum Abendessen, trotzdem sprang sie auf, packte mich und zog mich mit eiserner Faust wieder ins Freie, um den Weg, den wir kurz zuvor gegangen waren, noch einmal zurückzuverfolgen. Sie fand noch alle Stände vor, bis auf den einen, an dem ich, ihrer Rekonstruktion zufolge, Othello vergessen hatte.

»Ich wette mit dir, sie haben in Windeseile geschlossen und sich absichtlich aus dem Staub gemacht, um ihn wegzuschaffen«, rief sie ganz außer sich, und in mir stieg die Achtung vor meiner kleinen Negerpuppe in schwindelnde Höhen, handelte es sich doch auf einmal nicht mehr um eine bescheidene und etwas altmodische Puppe, sondern um begehrte Diebesbeute. »Vielleicht waren es ja Zigeuner«, sagte sie mehr zu sich selbst, »und die versuchen nun, ihn weiterzuverkaufen. Es war so eine schöne Puppe, und teuer war sie auch.«

Natürlich gab sich unsere Tata nicht geschlagen und befragte mit deutscher Gründlichkeit der Reihe nach sämtliche Standleute auf dem Markt, aber niemand konnte Hinweise geben, weder zum Corpus delicti noch zu dem mysteriösen Obsthändler, der Hals über Kopf verschwunden war. Schließlich ging sie, unermüdlich wie sie war, zu den Carabinieri, um den Diebstahl, nicht den Verlust, anzuzeigen. Beflissen nahm ein Uniformierter die Anzeige auf und befragte auch mich zu einigen Einzelheiten, dann aber sah ich, wie er mit seinem Kollegen feixte. Auch unsere Tata muß dies bemerkt haben, denn anderntags stieg sie in den Autobus nach Rimini, um auf dem dortigen Polizeikommissariat den Diebstahl Othellos zu melden. Und wenn ihr auch die ziemlich genervten Mienen der Beamten egal waren, so emporte sie sich doch über deren Unaufmerksamkeit, als sie ihnen ihre Theorien und Verdachtsgründe vortrug.

Natürlich passierte gar nichts, obwohl sie jeden Tag bei der Polizei und den Carabinieri anrief. Daraufhin beschloß sie, nicht ohne vorher lange darüber nachgedacht zu haben – denn in gewisser Weise fühlte sie sich für Othellos Verschwinden verantwortlich –, unsere Eltern anzurufen und sie zu bitten, sich einzuschalten. Allerdings vergeblich, denn Papa und Mama beschränkten sich darauf, mir am Telefon wegen meiner Nachlässigkeit und Unachtsamkeit den Marsch zu blasen; sie drohten, ich würde nie wieder eine neue Puppe bekommen. Und selbst meine Brüder ließen sich zu meinem Leidwesen immer wieder über meine unverbesserliche Dämlichkeit aus, mehr als über die Unehrlichkeit des Obsthändlers.

Ein paar Tage später erschien »unser« Stand urplötzlich wieder auf dem Markt. Unsere Tata traute ihren Augen nicht, als sie den Händlern, einem Ehepaar, gegenüberstand; dabei hielt sie mich fest an der Hand, die ich sie mit meinem ganzen Gewicht wegzuziehen versuchte, weil ich an ihren Unternehmungen einfach nicht mehr teilnehmen wollte. Die beiden stritten natürlich alles ab, zunächst freundlich und nur ein wenig überrascht, dann, je weiter die Diskussion voranschritt, ungeduldig und barsch. »Für wen halten Sie uns? Wir? Eine Puppe stehlen? Wozu denn? Scheren Sie sich dahin zurück, wo Sie herkommen, und lassen Sie uns in Frieden! Sehen Sie nicht, daß wir zu tun haben?«

Aber unsere Tata hatte sich jetzt festgebissen. Auch zehn Jahre Italien hatten ihr die deutschen Vorurteile gegen die Italiener nicht austreiben können. Vielmehr schien sie wieder völlig von ihnen beherrscht zu werden, nachdem sie sie während der ganzen Zeit in unserem Haus mühsam in Schach gehalten hatte. Zigeuner, Diebe, Betrüger, Lügner.

In der Pension »Pineta« waren inzwischen alle über unser Mißgeschick auf dem laufenden, und es verging kein Tag, an dem man sich nicht erkundigte – und sich dabei wohl auch über uns lustig machte –, ob es etwas Neues von dem armen Othello gebe. Vielleicht stimmte es ja gar nicht, aber wir hatten den Eindruck, im Zentrum der Aufmerksamkeit zu stehen, und das war uns entsetzlich peinlich, wenigstens uns Kindern. Dagegen unterhielt sich unsere Tata in freudiger Erregung ausführlich mit jedem über das Thema, der Lust dazu hatte. Im Namen der geraubten Puppe plauderte sie mal mit der einen, mal mit der anderen Mutter, gerade so, als ob sie Freundinnen wären, und dabei saßen beide womöglich noch mit ihrem Strickzeug eingesunken in einem Sofa der Pension. Eigentlich hatten wir uns das ja immer gewünscht, aber so gefiel es uns nicht.

Vermutlich führte das wachsende Unbehagen, das der ganze Wirbel in mir auslöste, dazu, daß ich mich plötzlich wieder erinnerte. Um das Karussell zu besteigen, auf dem wir nach dem Marktbesuch eine Runde fahren durften, hatte ich Othello auf dem Ast eines Baumes deponiert, mitten zwischen die Blätter, damit der Wind ihn nicht umwehte. Wie ich die Puppe rittlings auf einen Ast setzte, dieses Bild hatte ich eines Nachmittags deutlich vor Augen, als ich hellwach darauf wartete, daß die endlos lange, verhaßte Mittagsruhe vorüberging.

Sobald ich aus der nachmittäglichen Gefangenschaft befreit war, packte mich die Unruhe, aber ich sagte zu niemandem ein Sterbenswörtchen. Ich mußte so lange durchhalten, bis wir vom Strand zurück waren, ich geduscht hatte und angezogen und gekämmt auf das Abendessen wartete. Allein schlich ich mich durch den Garten der Pension davon, während Tata mit meiner kleinen Schwester beschäftigt war und meine Brüder wie immer keine Notiz von mir nahmen. Ich rannte zu dem Platz, wo sich die Karussells befanden, voller Angst, denn schließlich war mir unzählige Male eingehämmert worden, daß man Fremden nicht trauen dürfe, keinem einzigen, nicht einmal dem freundlichsten.

Er war noch da. Othello hockte mitten im Gewirr der Äste, und mit seiner rot-weiß gestreiften Hose und dem passenden Jäckchen schimmerte er wie ein Paradiesvogel durch das Blattwerk. Ich ergriff ihn und zog ihn ungläubig und glücklich zu mir herunter: Nachdem er fast eine Woche unter freiem Himmel zugebracht hatte, waren nur seine Kleider ein bißchen zerknittert, und auf dem Kopf hatte er Taubendreck, aber den wischte ich sofort mit meinem Rockzipfel ab.

Ich stellte mir die Überraschung, die Freude, die Begeisterungsschreie vor, das ganze Theater, mit dem man mich bei meiner Rückkehr in der Pension empfangen würde, und allein schon den Gedanken daran ertrug ich nicht. Ich hätte Othello bei mir verstecken, mich in mein Zimmer schleichen und ihn im Budischowsky unter dem Bett verschwinden lassen können. Auf diese Weise wäre ich jeder Empfangsszene entgangen und hätte die Erklärung auf spater verschoben. Aber da stand ich nur mit meinem ärmellosen Kleidchen und hatte nicht einmal meine kleine Stofftasche dabei. Ich überlegte, ob ich vielleicht eine Tüte, ein Tuch, ein Stück Papier oder einen Schuhkarton holen sollte, aber die Aussicht, Tata Rede und Antwort stehen zu müssen, und sei es erst in ein paar Tagen, nahm mir allen Mut. Ich drückte Othello einen Kuß auf den Mund, küßte ihn mehrmals auf seinen harten, glänzenden Bakelitkopf und setzte ihn behutsam wieder auf den Ast zwischen die Blätter des Baumes wie einen großen farbenprächtigen Papagei.

Noch lange Zeit war ich traurig, wenn ich daran dachte, daß der kleine Negerjunge dort ganz allein saß, im Stich gelassen vor lauter Angst und Scham, viel trauriger als an den Tagen, an denen ich glaubte, ihn verloren zu haben. Aber wenigstens konnte ich allen, die mich fragten, was mit mir los sei, ohne zu lügen antworten: »Ich bin traurig wegen Othello.«

Bald nachdem wir nach Hause zurückgekehrt waren, bekam ich zu meiner Überraschung, trotz der telefonischen Vorwürfe, eine neue schwarze Puppe geschenkt. Sie sah genauso aus wie die frühere, diesmal allerdings mit Mädchenkleidern, was ihr den Namen Othella eintrug. Daß ich so außerordentlich schnell für den Verlust meiner Puppe entschädigt wurde, lag sicher nicht an dem plötzlichen dringlichen Wunsch meiner Eltern, mich zu trösten und endlich wieder lächeln zu sehen, sondern vielmehr an der lebhaften Schilderung des Diebstahls, mit dem Tata sie immer wieder konfrontierte. Die neue Puppe stand folglich mehr ihr zu als mir, und vielleicht war das der Grund, warum ich sie nie so richtig liebgewann.

Fräulein Frida

Für die Berge reichte der übliche Koffer allein nicht aus, und so bekamen wir jeder noch einen kleinen Rucksack mit, der auch für die Wanderungen gedacht war. Wieder machten wir uns auf die Reise. Aber dieses Mal war Budischowsky nicht so mustergültig gepackt wie für das Meer: Unsere Kleider, Hemden, Blusen, Hosen, Strümpfe und Pullover waren planlos durcheinandergewürfelt, denn nun kümmerte sich unsere zerstreute, ungeduldige Mutter um das Gepäck und nicht die besonnene, systematisch vorgehende Tata. Die fuhr nämlich im Juli nach Hause, um dort Ferien zu machen. Kein Wunder also, daß wir zusätzlich noch die Rucksäcke brauchten. Dafür war jedoch unsere Tante und Gastgeberin jedesmal bei unserer Ankunft wieder aufs neue gerührt angesichts des alten Koffers, den auch sie schon als Kind benutzt hatte. Sie begrüßte ihn jubelnd und streichelte ihn, als handelte es sich um einen kleinen Hund oder vielleicht sogar um ein menschliches Wesen.

Die Ferien in den Bergen liebten wir von allen am meisten. Das ganze Jahr warteten wir darauf und

schwärmten davon in den höchsten Tönen. Zwei Wochen blieben wir dort, die aber nie lang genug waren für die möglichen Abenteuer, die wir uns wünschten, erträumten und in der Phantasie ausmalten und deren unvergeßlicher irdischer Kontrapunkt aus Gerüchen bestand: dem strengen Geruch der Schweineställe im hinteren Teil der Bauernhöfe und dem warmen Geruch der Kühe, die gleichmütig in ihren Ställen das Heu wiederkäuten.

Wie gern wären wir länger geblieben, an diesem zauberhaften Ort mit den alten Holzhäusern und blumengeschmückten Balkons, den abschüssigen, grün schimmernden Wiesen, den steilen dunklen Waldhängen, den Sturzbächen, die gewaltig durch die Felsen brachen. Aber wahrscheinlich waren wir zu zahlreich und zu laut für unsere Tante, bei der wir logierten, unsere fromme Tante mit der ruhigen Stimme, die niemals Zugeständnisse machte über das hinaus, was sie einmal entschieden hatte: ein Hörnchen und eine Scheibe Schwarzbrot pro Kopf zum Frühstück, ein zehnminütiger Spaziergang an der frischen Luft nach dem Abendessen, Zapfenstreich um Viertel nach neun abends und keine Minute später. Vielleicht paßte es ihr auch nicht – oder genauer gesagt: es paßte ihr mit Sicherheit nicht –, daß meine Cousine und ich den ganzen Tag zusammenhockten und ausgiebig schwatzten, kicherten und uns dabei womöglich noch im Zimmer einschlossen, um diese ach so verpönte moderne Musik zu hören. Meine Brüder taten mehr oder weniger das gleiche mit unseren Cousins, aber richtig gefährlich und hinterlistig waren wir Mädchen, und die galt es im Auge zu behalten.

Es kann aber auch sein, daß der Aufenthalt im Gebirge nie die zwei Wochen überschritt, weil unsere Eltern sich dort im Grunde langweilten. Denn unsere Mutter machte sich nichts aus Waldspaziergängen mit Rucksack sowie täglichen Frühmessen, und unserem Vater sagte das Essen nicht zu; er tat sich schwer mit den spartanischen Gepflogenheiten im Haus unserer Tante, mit dem einzigen Bad, in dem das Wasser obendrein fast immer kalt war, dem allabendlichen Lindenblütentee anstelle des Whiskys oder mit dem frühen Zubettgehen.

Für uns hingegen war alles faszinierend und einzigartig. Angefangen bei dem feuchten, selbst im Juli kühlen Hof mit dem ständig fließenden Brunnen in der Mitte, der Bewegung, neue Einfälle und Spiele versprach, alles, was nach unserem Gefühl mit unserem normalen, eingefahrenen und eintönigen Leben nichts zu tun hatte. Und gleich dort zog uns auch die erste Attraktion unwiderstehlich in ihren Bann: Genau unter dem eiskalten Wasserstrahl war mittels zweier Stangen ein eiserner Behälter angebracht, der sich vorn öffnen ließ, eine Art Minispeisekammer. Darin lagerte unsere sparsame Tante, die die Anschaf fung eines Kühlschranks für überflüssig hielt, die Butter – große, unregelmäßige Stücke gelber Butter, in Brotpapier eingewickelt – und den Käse. Und wir konnten heimlich mit einem Messer einige oblatendünne Scheiben davon abschneiden, ohne die Schwelle zur Küche, die off limits war, zu überschreiten.

Das zweite Wunderding war das Plumpsklo, das sich in einem Schuppen im hinteren Teil des Gartens befand: Man mußte sich auf eine Art Holztruhe mit einem runden Loch in der Mitte setzen, und aus der schwarzen Tiefe des darunter liegenden Brunnens stieg ein leichtes, frisches Lüftchen und umwehte das Hinterteil. Dieses Klosett, das wir immer wieder mit Begeisterung aufsuchten, war ein Relikt aus vergangenen Zeiten, aber eben deshalb noch vorhanden, weil es im Haus nur ein Bad gab.

Die dritte, wenn auch umstrittene Attraktion unseres Aufenthalts in den Bergen verkörperte der Zerberus des Hauses, Fräulein Frida. Sie war eine schlechte Köchin und eine treue Verehrerin unserer Tante, in deren Auftrag und Namen sie mit ihrer harten, monotonen Stimme für Ordnung sorgte und entschied, was als richtig oder als falsch zu gelten hatte. Wir mußten sie nur vierzehn Tage lang ertragen, und so stellte sie für uns eine Gegnerin dar, die man zum Narren halten konnte, eine ständige Herausforderung unserer boshaften Gedanken. Und während sich unsere jungen

Verwandten hinter ihrem Rücken über sie lustig machten, ohne uns aber große Angst vor ihr hatten und nicht gegen sie aufzumukken wagten, faßten sie in unserer Gesellschaft Mut. Tollkühn ergingen sie sich in unziemlichen Phantasien in bezug auf ihre Person, gaben respektlose Antworten und ergriffen Initiativen, die gegen die heiligen Regeln des Hauses verstießen.

Fräulein Frida war klapperdürr, weißhaarig und von Natur aus alt, dabei aber ätherisch, unberührbar, farblos und nahezu transparent. Beim Sprechen betonte sie die Konsonanten, und zwar alle Konsonanten. Sie hatte trockene lange Hände, mit denen sie drohend herumfuchtelte, sowie lange, magere Füße, die in Pantoffeln steckten und es ihr so ermöglichten, geräuschlos durch die Zimmer und Flure zu huschen, so daß sie uns fast immer dann in flagranti ertappte, wenn wir gerade etwas Unerlaubtes taten oder jedenfalls etwas, was sie mißbilligte.

Vor allem genoß Frida die besondere Gunst unserer Tante. Diese nahm sie in Schutz und unterstützte sie bei jeder ihrer Aktivitäten, besonders wenn sie darauf abzielten, unsere Disziplinlosigkeit einzudämmen. Und Frida imitierte die Tante, wo immer sie konnte: Sie ging zusammen mit ihr in die Frühmesse, kniete sich neben sie, fast so, als wäre sie eine enge Verwandte, und verbarg wie sie während der Wandlung das Gesicht in den Händen. Zu unserer Tante war sie ganz zuckersüß, weder rollte sie das R wie bei uns, noch zischte sie das S, und die Cs und die Ks krächzte sie auch nicht so. Mit ihr lachte und scherzte sie sogar hin und wieder.

Uns gegenüber verhielt sie sich jedoch nicht anders als ein Feldwebel gegenüber seiner Truppe. Morgens warf sie uns um sieben aus dem Bett, abends kam sie um kurz nach neun ins Zimmer und machte das Licht aus – immer ein paar Minuten früher, als die Tante bestimmt hatte. »In diesem Haus wird zu viel Strom verbraucht«, nörgelte sie mit ihrer monotonen Stimme. »Wenn ihr wüßtet, wie teuer das Licht ist.« Vor dem Essen unterzog sie uns einer strengen Musterung, und wenn Hände und Kleidung nicht sauber und ordentlich waren, so wie es ihren Vorstellungen entsprach, jagte sie uns angewidert zurück. Saßen wir dann schließlich am Tisch, betrat sie das Eßzimmer mit der Ausrede, sie wolle sich nur erkundigen, »ob alles in Ordnung« sei. In Wirklichkeit wollte sie kontrollieren, ob wir ihre wäßrigen Suppen, ihren zerkochten Reis, ihr zähes Fleisch, ihr nach nichts schmeckendes Gemüse und ihr zermatschtes Kompott auch ja gehorsam aßen. Und wenn einer herumtrödelte und das, was von seinem Essen noch übrig war, immer wieder umrührte, in der Hoffnung, es auf diese Weise unsichtbar zu machen, näherte sie sich dem Schuldigen und zischte ihm mit einem durchbohrenden Blick ohne Erbarmen halblaut zu: »Es wird alles aufgegessen, was auf dem Teller ist.«

Natürlich wurde Fräulein Frida der erklärte Feind in all unseren Spielen, die heimliche Zielscheibe all unserer Wettkämpfe. Zum Beispiel hatte derjenige gewonnen, dem es am längsten gelang, ihr auf leisen Sohlen wie ein Schatten durchs Haus zu folgen, ohne daß sie es bemerkte. Oder Sieger wurde auch, wer es am besten verstand, die Reste von seinem Teller verschwinden zu lassen – sei es in den Blumen mitten auf dem Tisch, unter der Tischdecke oder sogar in der Hosentasche –, und dann obendrein noch ein Lob von Fräulein Frida kassierte. »Brav, du hast alles aufgegessen, die anderen sollten sich mal ein Beispiel an dir nehmen.« Und während sie das sagte, heftete sich ihr Blick vielsagend auf diejenigen von uns, die ihre Essensreste nicht so geschickt versteckt hatten.

Aber als der allergrößte Gewinner galt der, der in der Lage war, sich die meisten Informationen über Fridas Leben zu beschaffen, das wir uns einfach nicht anders als geheimnisumwittert vorstellen konnten: also Informationen über ihre Familie, ihre Jugend, etwaige Liebschaften und auch über ihren Körper, den wir nur vermummt kannten, in einem dunklen Kittel mit hellen Blumen und einer weißen Schürze darüber.

Wir wußten, was sie anzog, wenn sie ins Bett ging, weil wir sie einige wenige Male gesehen hatten, als sie wegen einer nächtlichen Notsituation – ihrerseits oder unsererseits – in einem langen weißen Baumwollgewand aus ihrem Zimmer trat. Wir kannten ihre dicken bräunlichen Strümpfe, die immer unter ihrer Schürze hervorschauten. Aber wir brannten darauf, wer weiß, warum, herauszufinden, wie ihre Unterhemden aussahen, ihre Unterröcke, besser noch ihre Unterhosen oder ihre Büstenhalter, immer vorausgesetzt, daß sie so etwas überhaupt trug, dürr und platt wie sie war.

Wiederholt stiegen wir auf den Dachboden, wo die Leibwäsche sämtlicher Hausbewohner kunterbunt gemischt zum Trocknen hing, hofften wir doch, dort irgend etwas von ihr zu finden. Eingehend begutachteten wir die an den Leinen baumelnden Strümpfe, Unterhosen, Strumpfbänder, Mieder und Büstenhalter und berieten uns lang und breit, im Geiste die Größen abschätzend, um jedes Stück seinem Besitzer zuzuordnen. Doch es gab nie etwas, das Frida zu gehören schien. Offenbar hielt sie einen privaten Waschtag ganz für sich ab und versteckte die Wäsche dann wie Dinge, deren man sich schämen mußte.

Es verstand sich von selbst, daß wir auch vor dem größten und verlockendsten Wagnis, dem verbotensten von allen, nicht zurückschreckten: der Inspektion ihres Zimmers. Der einzige sichere Zeitpunkt dafür war die Frühmesse, und so stellten wir den Wecker und machten uns gemeinsam auf. Zwei durften rein, die anderen mußten draußen bleiben und

Wache schieben. Leider war das beste daran nur das Herzklopfen. Drinnen fanden wir das Zimmer einer Nonne vor: Rosenkranz und Madonna auf der Kommode, im Schrank zwei schwarze Kleider, ein verschlossener Koffer unter dem Bett, den wir aus Zeitgründen nicht näher untersuchen konnten, einige Mitteilungsblätter der Pfarrgemeinde, ein Paar Schuhe mit abgenutzten Innenseiten, ein Stapel weißer Taschentücher mit einem aufgestickten roten F und ein Packen Briefe in der Tischschublade, die wir uns nicht mitzunehmen trauten. Aber wir waren davon überzeugt, daß es Liebesbriefe sein mußten: Warum wurden sie wohl sonst so schön ordentlich mit einem Bändchen verschnürt aufbewahrt?

Wir fanden weder Unterhosen noch Unterröcke oder Büstenhalter. Die waren möglicherweise im Koffer unter dem Bett versteckt oder hingen zum Trocknen in irgendeinem geheimen Verlies. Jedenfalls hatten wir als Jäger ohne Beute das Nachsehen. Natürlich waren wir enttäuscht, auch wenn wir es uns gegenseitig nicht eingestanden, um den Mut nicht zu verlieren. Und in der Tat versuchten wir von da an wiederholt den Angriff, zu jeder Tageszeit und jedesmal etwas unvorsichtiger, so daß Frida irgendwann Verdacht geschöpft haben mußte, denn plötzlich fing sie an, ihre Zimmertür abzuschließen.

Nach alledem war es gut möglich, daß unser Aufenthalt in den Bergen niemals zwei Wochen überschritt, weil sie die Hand im Spiel hatte. Denn unser schlechter Einfluß auf unsere jungen Verwandten konnte ihr einfach nicht verborgen geblieben sein, zumal sich diese, laut Frida, die restliche Zeit des Jahres, wenn wir außer Reichweite waren, gesittet und diszipliniert verhielten. Ein »offenes Wort« von ihr, der Tante hin und wieder zugeraunt, hätte bestimmt seine Wirkung getan und die Zeit unseres Besuchs um ein Vielfaches verkürzt.

Im übrigen mochte sie wohl auch unsere Eltern nicht besonders. Ein bißchen wegen des garantiert spärlichen Trinkgelds, das sie ihr hinterließen. Aber vor allem, weil sie ganz anders waren als ihre geliebte Signora, viel lauter, verwöhnter, kapriziöser, in gewissem Sinne auch mondäner, so als wären sie reicher als unsere äußerst spartanische Tante, während in Wirklichkeit das Gegenteil der Fall war.

Trotz aller Bemühungen konnte Frida ihre Gefühle ihnen gegenüber nicht verbergen: Sobald unsere Eltern in der Nähe waren, verzog sie das Gesicht und ging dazu über, die Konsonanten zu betonen, fast so, wie sie es uns gegenüber tat. Wenn die Eltern sie dann noch um etwas baten, um einen Kaffee, ein Glas Grappa, ein Handtuch oder um eine kleine Gefälligkeit im Haus, quälte sie sich ein notdürftiges Lächeln ab und nickte, ohne ein Wort zu sagen, wahrscheinlich weil ihr vor lauter Verärgerung ein Seufzer entschlüpft wäre, wenn sie den Mund aufgemacht hätte.

Und wir, als Zeugen des Geschehens, nah, aber nicht zu nah dran, beobachteten die Szene, ohne uns eine Einzelheit entgehen zu lassen. Wir versuchten, Personen und Dinge einzuschätzen, und wünschten uns mehr denn je, es möge uns endlich gelingen, unserer Feindin Frida eins auszuwischen. Auch für die geringschätzige Art und Weise, mit der sie unseren Vater und unsere Mutter behandelte.

Selbstverständlich waren wir die ersten, die unsere Eltern scharf kritisierten, wenn sie außer Hörweite waren, aber wir ertrugen es nicht, daß jemand anderer sich erdreistete, seine Verachtung ihnen gegenüber so offenkundig zum Ausdruck zu bringen.

Dennoch hatten wir praktisch nichts gegen Frida in der Hand. Soweit wir herausgefunden hatten, besaß das Fräulein nicht einmal einen Körper: Trotz unserer Kontrollen hatten wir kein einziges Mal gesehen, daß sie aß oder trank, auf die Toilette ging oder sich vielleicht mal die Hände wusch, alles Verrichtungen, denen sie offenbar zu unvermuteten Zeiten an unvermuteten Orten nachging.

Die einzige körperliche Betätigung, die wir an ihr wahrnahmen, war das Naseputzen. Und das tat sie häufig, immer mit einem ihrer kleinen weißen Taschentücher, die sie zusammengeknüllt in der Schürzentasche trug, und ihre feine, spitze Nase wurde dabei jedesmal ganz rot.

Aber mit einer solchen Lappalie konnten wir uns

einfach nicht zufriedengeben. Es mußte doch irgendein Mittel geben, einen Weg, etwas mehr über sie auszukundschaften. Wir mußten aufs Ganze gehen, etwas riskieren, etwas noch viel Kühneres als die Durchsuchung ihres Zimmers: zum Beispiel ihre Briefe an uns nehmen und sie vom ersten bis zum letzten lesen oder sie betrunken machen, um sie zum Sprechen zu bringen, oder sie sogar fesseln und auf diese Weise zwingen, ihre Schlechtigkeiten zu bekennen.

Mittlerweile waren unsere jungen Verwandten im Vergleich zu uns nicht mehr so eifrig bei der Sache, weil das Spiel für sie weitaus weniger aufregend war. Sie wollten sich lieber wieder anderen bewährteren und traditionelleren Vergnügungen zuwenden, zum Beispiel durch den Wald streifen, klauen – Käse aus dem kleinen Vorratsbehälter auf dem Brunnen oder Würste, die in einem Kämmerchen hinter der Küche hingen – oder ohne Sattel auf den beiden Mauleseln des Bauern reiten. Dazu fingen wir die Tiere auf der Weide ein und brachten sie total erschöpft und in Schweiß gebadet zurück, denn wir hatten sie, jeweils zu zweit auf ihnen hockend, zum Galopp angetrieben, bis sie völlig außer Atem waren.

In dem Bemühen, uns von unserer fixen Idee abzubringen, dem Rätselraten um Fräulein Frida ein Ende zu bereiten und uns klarzumachen, wie wenig interessant und überhaupt nicht geheimnisvoll sie sei, kramten unsere jungen Verwandten alles aus, was sie über sie wußten. »Sie hat eine ältere Schwester, die in einem Altenheim in Deutschland wohnt, zweimal im Jahr fährt sie zu ihr.« »Sie ist ganz verrückt nach dem Hund unserer Mutter, jeden Abend spricht sie lange mit ihm und streichelt ihn, wenn sie ihm sein Fressen gibt.« Oder so: »Letztes Jahr haben wir sie mal weinen sehen, und sie lag auch schon mal mit einer Lungenentzündung im Krankenhaus.«

Aber das waren alles nur Nichtigkeiten, nicht zu vergleichen mit dem, was uns am Herzen lag, und fast verächtlich gingen wir darüber hinweg. Wir wollten etwas über Liebschaften und Liebhaber erfahren, über heimliche Abenteuer, geraubte Juwelen, verstecktes Geld, vielleicht sogar über Verbrechen und Betrug, und nichts über die Liebe zu einem Hund, über eine ältere Schwester, ganz zu schweigen von so läppischen Problemen wie Gesundheit.

Wir beschlossen, alles auf eine Karte zu setzen und ihre Post abzufangen.

Der Briefträger kam immer auf einem gelben Moped angefahren, mit einer großen Ledertasche um den Hals. Und das tagtäglich, vorausgesetzt, es gab Post. An den Tagen, an denen er nicht erschien, breitete sich leichtes Unbehagen aus. So als hätte die Welt uns vergessen. Natürlich war für uns, die wir in diesem Haus nur zwei Wochen verbrachten, die Ankunft eines Briefes oder einer Ansichtskarte schon an sich etwas Außergewöhnliches. Und dennoch waren wir enttäuscht, wenn es gegen Mittag – die Zeit, zu der man am unteren Ende des Weges allmählich das Knattern des gelben Mopeds hören konnte – still blieb. Ganz im Gegensatz zu unserer Tante, die aufgrund undurchschaubarer, die Welt der Erwachsenen damals wie heute regelnder Gesetze froh war, wenn der Postbote mal einen Tag übersprang. »Weniger Scherereien«, sagte sie. »Die Post bringt nie gute Nachrichten, und was noch schlimmer ist, man muß obendrein auch noch antworten.«

Nach der Art zu urteilen, wie Fräulein Frida – sich die Hände an der Schürze abtrocknend – aus der Küche schoß, sobald in der Ferne auch nur das leiseste Brummen eines Mopeds zu hören war, hätte man überraschenderweise schließen können, daß sie mehr zu uns Kindern und Jugendlichen gehörte als zu den Erwachsenen. Denn offenbar fühlte sie sich, so wie wir, ohne den täglichen Besuch des Briefträgers einsamer auf der Welt.

Einmal drängten wir unseren Cousin dazu, sie zu fragen, ob sie zufällig etwas erwarte. Eine Ansichtskarte? Einen Eilbrief? Oder vielleicht sogar ein Paket? »Das geht dich gar nichts an«, antwortete sie barsch. »Eure Mutter erwartet ein Einschreiben«, fügte sie dann hinzu, was eine glatte Lüge war. »Der Postbote gefällt dir wohl?« traute sich unser Cousin nun ganz trotzig weiterzufragen. »Werd bloß nicht unverschämt«, schleuderte ihm das Fräulein blaß und eiskalt entgegen.

Jedenfalls waren wir bei der kleinen, täglichen Zeremonie stets zugegen. Wenn die Zeit kam, trieben wir uns in der Nähe herum und gaben schleunigst all unsere anderen sinnlosen Beschäftigungen auf, um den wichtigsten Termin des Tages ja nicht zu verpassen. Und sehr bald mußten wir einsehen, daß es uns niemals gelingen würde, Fridas Post abzufangen, es sei denn, sie nähme einen Tag Urlaub. Aber Urlaub nahm sie nicht, und schon gar nicht, wenn Gäste im Haus waren. Sonst hätte sie ja keinen Grund gehabt, in Gegenwart der Tante ständig über die ungeheuer viele Arbeit zu stöhnen, die unseretwegen auf ihren schwachen Schultern lastete.

Eines Tages kam der Briefträger zweimal: gegen zwölf Uhr mittags und um halb drei, als die Erwachsenen gerade ein Nickerchen machten, inklusive Frida; wir wußten nämlich, daß sie sich um diese Zeit immer auf dem Bett in ihrem Zimmer ausstreckte. Natürlich standen wir neugierig um den Postboten herum, während er mit einer gewissen Feierlichkeit seine große Tasche öffnete und ein Telegramm herauszog. »Es ist für das Fräulein. Kann ich es euch dalassen?« wollte er wissen, bevor er es uns aushändigte. »Na klar, machen Sie sich keine Sorgen«, versicherten wir ihm etwas zittrig im Chor, konnten wir es doch einfach nicht fassen, was für ein Glück uns gerade in den Schoß fiel.

Da war es also, das geheimnisvolle Schreiben, zweimal gefaltet und frisch zugeklebt, so daß es sich wahrscheinlich ohne große Schwierigkeiten öffnen ließ. Aufgeregt betrachteten wir unsere Beute und vergaßen dabei fast, uns zu verstecken, so daß wir Gefahr liefen, von Frida erwischt zu werden. Die konnte jeden Augenblick auftauchen, ausgeruht und frisch gestärkt, um erneut den Kampf mit uns aufzunehmen.

Der Lärm einer zuschlagenden Tür im ersten Stock holte uns wieder auf den Boden der Tatsachen zurück, und eilig verschwanden wir in Richtung Straße, die gleich hinter dem Haus in den Wald führte. Als wir in Sicherheit waren, blieben wir stehen, um uns zu beraten.

Öffnen oder nicht öffnen? Unsere Verwandten zögerten, denn sie stellten sich Fridas Wutausbruch vor, ihre Beschwerden bei der Tante, die Strafen, auf die sie dringen würde und die ihr mit an Sicherheit grenzender Wahrscheinlichkeit auch bewilligt würden. Wir strebten eher in die andere Richtung, sehr wohl wissend, daß die kurze Dauer unseres Aufenthalts nicht viel Zeit für Strafen ließ.

Nach langem Hin und Her – und unablässigem Drängen unsererseits – machte unsere Cousine Nägel mit Köpfen. »Wir kleben es doch dann sowieso wieder zu, nicht?« vergewisserte sie sich, und mit ihrer Einwilligung schien jedes Zögern wie weggefegt. Alle streckten wir nun gleichzeitig die Hände nach dem Schreiben aus, voller Ungeduld, den Geheimnissen des Fräuleins endlich auf den Grund zu kommen. Denn was konnte ein Telegramm schon anderes beinhalten als eine Enthüllung?

Und so kam es, wie es kommen mußte: Da jeder unbedingt der erste sein wollte, der die schicksalsträchtige Nachricht las, hatte plötzlich einer von uns einen großen Fetzen Papier in der Hand und die anderen den Rest. Aber der Schreck dauerte nur eine Sekunde, weil wir uns sofort damit beruhigten, daß wir die Stücke mit ein bißchen Klebstoff wieder zusammenfügen könnten. Dann hielten wir sie zum Entziffern aneinander. »Ihre Schwester Adelaide gestürzt. Gehirnerschütterung u. offener Bruch. Sofort kommen«, schrieb die Direktorin der Einrichtung, in der Fridas einzige Verwandte, von der man wußte, lebte, und trotz der schwierigen Wörter begriffen wir den Sinn.

Fieberhaft versuchten wir immer wieder, die Schnipsel zusammenzusetzen; wir fummelten ewig lange mit Alleskleber und Tesafilm herum, auch mit Scheren, zum Begradigen der Ränder, bis das Telegramm schließlich total verunstaltet war. Da verbrannten wir es, um keine Spuren zu hinterlassen. Und schlagartig, ohne daß es uns bewußt war, verwandelten wir uns in liebe, gehorsame Kinder, die kein Wässerchen trüben

konnten. Fräulein Frida gegenüber verhielten wir uns ausgesprochen höflich, um nicht zu sagen schleimig. Und sie begann, uns anzulächeln, scherzte sogar auf ihre etwas hölzerne Art mit uns, so daß wir uns ganz elend fühlten.

Als tags darauf der Zeitpunkt nahte, zu dem für gewöhnlich der Postbote erschien, brach uns der Angstschweiß aus, und wir hielten uns still im Hintergrund. Nur ein Satz von ihm, und wir waren erledigt. Wäre es nicht normal gewesen, wenn er sich bei Frida nach dem Telegramm erkundigt hätte? Wir meinten schon zu hören, wie er zu ihr sagte: »Ich hoffe, ich habe Ihnen gestern nachmittag gute Nachrichten gebracht.« Aber wir hatten Glück, weil es zwei Tage lang keine Post gab und damit das Moped ausblieb. Am dritten Tag war Sonntag. Und montags hatte der tüchtige Briefträger offenbar schon zu viele andere Telegramme ausgeliefert, um sich noch an das von Frida zu erinnern, und wir konnten aufatmen. Dienstags hatten wir die ganze Sache vergessen und kehrten zum gewohnten Krieg mit dem unsympathischen Fräulein zurück.

Gegen Ende der Woche kam das Moped abermals am Nachmittag, diesmal allerdings später, so daß die vom üblichen Schläfchen ausgeruhte Frida wieder höchstpersönlich zur Stelle war.

Kurz darauf registrierten wir eine gewisse Hektik im Haus: unsere Tante, die nicht wie sonst ruhig und gemächlich, mit nach außen gestellten Füßen und vorgeschobenem Bauch einherging, sondern eiligen Schrittes, leises Tuscheln am Telefon, eine gepackte Reisetasche mit einem quer darüberliegenden Regenmantel. Noch bevor es Abend war, hielt ein Auto vor dem Tor, und heraus stieg der Bauer vom Nachbarhof und wartete.

Schließlich sahen wir Frida aus dem Haus stürzen, am Arm die Tasche, die wir schon im Flur bemerkt hatten. Sie trug ihr übliches schwarzes Kleid, allerdings ohne die Schürze, und die dicken bräunlichen Strümpfe hatte sie durch ein Paar ebenso dicke schwarze Strümpfe ersetzt. In der Hand hielt sie ein zerknülltes weißes Taschentuch, mit dem sie sich über die Augen fuhr, und ihre Nasenspitze war so rot wie nie zuvor.

Ohne uns wahrzunehmen, ohne sich von uns zu verabschieden, stieg sie in den Wagen.

Traditionsgemäß war es unsere Aufgabe, Budischowsky zu packen, wenn die Abreise aus den Bergen bevorstand. In jenem Jahr sah er besonders unordentlich aus: Unsere Sachen waren bunt durcheinandergeworfen, Schmutziges und Sauberes – jedem Ordnungssinn widersprechend – gemischt und, was noch schlimmer war, ohne Seidenpapier zwischen den einzelnen Kleidungsstücken, wie es unsere Mutter von oben und aus der Ferne forderte. Wir hatten

Mühe, ihn zu schließen, was uns erst gelang, nachdem wir uns auf ihn gestellt und mit unserem Gewicht zunächst auf die eine, dann auf die andere Schnalle gedrückt hatten. Zum ersten Mal verspürten wir den Drang, die Berge so schnell wie möglich zu verlassen.

Der kleine Lenin

Von der Tante im Gebirge ging es direkt zu den Großeltern aufs Land in die abschließenden, endlos langen Ferien von Mitte Juli bis Anfang September. Das war eine Ewigkeit, in der sich nichts regte und in der nicht nur die Tage, sondern auch die Stunden nicht vergehen wollten. Zumindest für uns Kinder. Für die Erwachsenen hingegen konnte dieser Urlaub niemals lang genug sein. Unsere Mutter war richtig glücklich, einmal im Jahr wieder Tochter sein und in ihrem Elternhaus wohnen zu können, die Möbel, die Gegenstände, die Landschaften und die Menschen wiederzusehen, mit denen sie aufgewachsen war. Und unser Vater konnte endlich den lieben langen Tag und ganze Wochen hindurch seiner größten Leidenschaft, der Jagd, frönen, abgesehen davon, daß er von den Großeltern, die im Krieg ihren einzigen Sohn verloren hatten, mit Aufmerksamkeit geradezu überschüttet wurde.

In einem fürchterlichen Zustand kamen unsere im Budischowsky zusammengequetschten Sachen für gewöhnlich an, wenn sie die achtstündige, größten teils bei Hitze vonstatten gehende Reise in einem mit Taschen, Paketen, Beuteln, Flaschen, Rucksäcken, Körben und Gewehren unglaublich vollgestopften Kofferraum hinter sich hatten. Und da Wände und Deckel des alten Koffers nicht mehr stabil genug waren, wurden unsere nachlässig gepackten und daher sowieso schon zerknautschten Kleider auch noch von verschiedenen anderen Gepäckstücken zusammengedrückt, die während der ganzen Reise auf Budischowsky lasteten. Es kam auch schon mal vor, daß eine Flasche Wein oder eine Flasche Öl zerbrach oder plötzlich aufging und Flüssigkeit auslief, die zwangsläufig in den Budischowsky sickerte, unsere Sachen durchtränkte und auf dem Leder neue, ungleichmäßige dunkle Flecken hinterließ.

Es wäre viel zu teuer gewesen, wenn wir während der Fahrt angehalten und alle Mann in einem Restaurant gegessen hätten. So hatten wir stets das gleiche Picknick dabei – Brühe, gekochten Reis, Koteletts, Mürbeteigkuchen, Obst und Kaffee –, das wir, auf einer Decke sitzend, inmitten einer etwas abseits von der Straße gelegenen Wiese verzehrten. Die Flüssigkeit, die sich zuweilen über unseren Koffer ergoß, konnte also auch aus einer der Thermoskannen mit Brühe oder Kaffee stammen.

Wir kannten Ursache und Geschichte der allermeisten Flecken unseres Budischowsky, zumindest von denen, die zu unserer Zeit entstanden waren. Der hier stammt von dem Öl aus dem Jahr, in dem wir den Auffahrunfall hatten. Der da kommt von der Brühe damals, als der Deckel nicht richtig zugeschraubt war und als uns auf der ganzen Fahrt der warme Hähnchengeruch in dem von der Julisonne aufgeheizten Auto begleitete.

Die ersten Tage bei den Großeltern waren natürlich immer unheimlich aufregend. Zu unserer Freude fanden wir dieselben Zimmer vor, dieselben Bücher, dieselben Spiele – Federball, Tischtennis, Mensch ärgere dich nicht! – sowie den winzigen Tisch, die winzigen Wiener Stühle mit den geflochtenen Sitzen und das Bettchen für meine Puppen, wertvolle Miniaturnachbildungen der großelterlichen Biedermeiermöbel. Sie erwarteten mich jedes Jahr wieder, hübsch drapiert, auch als ich schon längst aufgehört hatte, mit Puppen zu spielen. Niemals gab es etwas Neues, und trotzdem schien alles neu zu sein; es war neu zu besichtigen, neu zu erforschen, gewissermaßen neu zu entdecken

Dieses Hochgefühl hielt eine Zeitlang an, nämlich genau die Zeit, die wir brauchten, um den Dachboden, den Stall, den Schuppen mit den Holzvorräten, den Keller, die Speisekammer und die Werkstatt, wo der Großvater hämmerte, schraubte und sägte, zu durchstöbern. Solange wir die Gegend um das Haus erkundeten, den Blumengarten und die Felder, solange wir den Gemüsegarten inspizierten und die Erdbeeren, Himbeeren, Johannisbeeren, die Kirschen, Stachelbeeren und später die Pflaumen und die kleinen hellen Äpfel, die schon Ende August reif waren, untersuchten und probierten.

Dann war mit einem Mal die ganze Begeisterung dahin, wie bei einem Luftballon, aus dem die Luft entwichen ist, nämlich sobald die Routine der immergleichen Tage eingesetzt hatte, beginnend mit der morgendlichen Leere – sie war die kürzeste und daher erträglichste –, über die lange, zu allem Überdruß auch noch mit mindestens einer Stunde Ferienaufgaben künstlich gefüllte Leere des Nachmittags, bis hin zur melancholischen Leere des Abends, die nur zu ertragen war, weil sie allmählich in die Nacht überging.

Stunden und Uhren traten auf der Stelle wie wir Kinder, denen jede Initiative und Energie abhanden gekommen waren. Nach einer Partie Tischtennis, nachdem sich auch die letzten Federbälle irgendwo in der Wiese verloren hatten, wenn uns die Ideen ausgingen beim Versteckspiel (zu viert), bei Räuber und Gendarm (ebenfalls zu viert), beim Fangen oder wenn wir nicht mehr wußten, welche Bosheiten wir uns noch ausdenken sollten, dann blieben nur die Fahrräder übrig, aber davon gab es immer nur zwei, ein großes und ein kleines, und wir waren ja bekanntlich vier.

Einige Stunden, vielleicht sogar einige Tage lang trösteten wir uns mit den Roßkastanien, die ab Mitte

August weiß und zart oder schon leicht gefleckt in ihren stacheligen, grünen, schwer zu öffnenden Schalen nach und nach von den Bäumen fielen. Mit Zahnstochern machten wir Tiere daraus, kleine Kühe, Hasen oder Mäuse, auch Halsketten und Armbänder. Wir benutzten sie als Murmeln, als Kugeln für die Schleuder, oder wir legten sie einfach, nach Größe oder Farbe geordnet, in eine lange Reihe. Zwei Tage lang, allerhöchstens drei, waren unsere Stunden damit ausgefüllt. Aber diese kleine Abwechslung konnte Heranwachsende auf die Dauer natürlich nicht befriedigen.

Bisweilen munterten uns auch die Pilze auf, die nach einem Regen aus den Wiesen schossen; und wie freute man sich, wenn es einem gelang, mehr als die anderen zu finden. Angespornt von unseren Großeltern, begaben wir uns gelegentlich in bester Absicht mit Körben und Schüsseln auf die Suche. Doch wenn wir so ausgerüstet loszogen, fanden wir in der Regel keinen einzigen Pfifferling, ja, nicht mal eine Blaubeere.

An den Tagen, an denen die Sonne vom Himmel brannte, fuhr unser Vater mit uns zum Baden an einen Weiher, allerdings mehr zu seinem eigenen Vergnügen als aus Mitleid angesichts unserer Langeweile. Er tummelte sich ausgiebig in dem eisenhaltigen dunklen Wasser, ohne sich um die Karpfen zu kümmern, die ihn umschwirrten. Wir hatten dagegen keine rechte Lust zum Schwimmen, schon gar nicht, wenn Fische unsere Beine streiften. So standen wir am Ufer, von Mücken und Bremsen zerstochen, und planschten im Schlamm. Und wenn wir uns dann im Gebüsch wieder anzogen, passierte es nicht selten, daß wir an verschiedenen Körperstellen kleine, widerliche Blutegel entdeckten und sie entsetzt ausquetschten. Abends hatte vor allem ich dann einen Sonnenbrand, denn seit meinem letzten Bad im Meer war zuviel Zeit vergangen, und meine Haut war inzwischen wieder so blaß wie im Winter.

Nach einem solchen kurzen Badeintermezzo – unser Vater fand dabei sogar Mittel und Wege, Kopfsprünge zu machen, mal von einem erhöhten Stein, mal von einem alten Kahn aus, und ermunterte uns, es ihm gleichzutun, jedoch fast immer ohne Resonanz –, danach also schienen die Stunden erneut in ihre tragische Starre zurückzufallen, ohne daß Aussicht bestand, die Leere auszufüllen. Denn wir konnten ja noch nicht mal fernsehen, aus dem einfachen Grund, weil unsere Großeltern keinen Fernseher besaßen.

Im übrigen durften wir Kinder uns nicht im Haus aufhalten, außer wenn es regnete oder wenn gegessen wurde. Es war eine feste Regel, daß wir selbst die Ferienaufgaben am Gartentisch machen mußten. Wir sollten den ganzen Tag an der frischen Luft verbringen, laufen, springen, tief atmen und die Natur genießen, dazu hielt uns unsere Großmutter ständig an. Und unsere Mutter ermunterte uns in fröhlicher Zerstreutheit: »Zieht doch nicht solche Gesichter! Geht raus, nutzt das schöne Wetter! Ihr seid doch zu viert. Was ist bloß mit euch los? Spielt doch was!«

Wir versuchten es. Fast jedes Jahr fingen wir an, irgend etwas zu sammeln, seien es Kräuter oder Schmetterlinge, Eierschalen von Vögeln oder Steine, die uns besonders auffielen. Mal verlegten wir uns aufs Holzschnitzen, ein andermal aufs Fotografieren, und die trostlosen Schwarzweißaufnahmen von Straßen, Feldern, Bäumen, Wäldern und Himmeln, auf denen niemals ein Mensch oder ein Tier abgebildet war, spiegelten eindrucksvoll die reglose Langeweile wider, die auf unserer Seele lastete.

Irgendwann im Laufe der Ferien entdeckten wir aus lauter Verzweiflung das Essen. Da sich die Mahlzeiten als die einzige, unter Umständen angenehme, Unterbrechung des Tages erwiesen, interessierten wir uns plötzlich für das, was auf den Tisch kam. Und wurden bitter enttäuscht, denn es verging kein Mittag und kein Abend, ohne daß es Suppe gab – mittags fast ausschließlich als dicke, mehlige Pampe, abends als geschmacklose, durchsichtige Brühe. Aber uns winkten doch noch einige Freuden, weil unser Großvater, ein erklärter Gegner von frischem Obst, darauf bestand, daß wenigstens eine Mahlzeit am Tag mit einer Süßspeise abgeschlossen wurde.

Während wir uns allerdings vorher vergewisserten, um uns nicht im letzten Moment übers Ohr gehauen zu fühlen, setzte er sich ahnungslos wie ein Kind an den Tisch. Und wenn er dann anstelle des ersehnten Löffels – sicheres Zeichen für eine Süßspeise – das ungeliebte Dessertbesteck vorfand, das eindeutig auf eine armselige Birne oder einen mageren Apfel hinwies, verdüsterte sich seine Miene schlagartig, und er war noch enttäuschter als wir. Wenn aber umgekehrt neben seinem Teller ein einzelner, schön geschwungener Löffel lag, ergriff er ihn und schwenkte ihn wie eine kleine Fahne hin und her, wobei er uns, seinen vier treuen, verständnisvollen Komplizen, zuzwinkerte. Dieser mittelgroße Löffel ohne die dazugehörige spitze Gabel verhieß unserem Großvater und auch uns nämlich den höchsten aller Genüsse: eine Süßspeise aus Creme oder Schokolade, gekrönt von einer Haube aus steif geschlagener Sahne. Kein trokkener Mürbeteig- oder Sandkuchen, der einem im Hals steckenblieb.

Um die Zeit totzuschlagen und wenigstens etwas Abwechslung in den Nachmittag zu bringen, gewöhnten wir uns sogar das Vespern an. Anders als die Tante in den Bergen hatten die Großeltern nichts dagegen, daß wir in die Küche gingen. Vielleicht hatten sie selbst mehr Freude am Essen, oder sie brachten den Kindern, die selten zu Besuch kamen und nicht so vertraut, aber durchaus willkommen waren, größere Nachsicht entgegen. Der früheste zulässige Zeitpunkt für die nachmittäglichen Brötchen war vier Uhr. Vorher zu erscheinen wäre unschicklich gewesen. Aber hin und wieder trieben wir uns schon gegen halb vier in der Nähe des Vesperbrots herum.

Um diese Zeit herrschte in der Küche eine angenehme Stille, alles war blitzblank, und wir hatten sie ganz für uns allein. Selbst das Summen der Fliegen war verstummt, denn diese klebten mittlerweile allesamt auf den Papierstreifen, die von der Decke herabhingen. So konnten wir uns in aller Ruhe Brote mit Butter und Marmelade schmieren. Bisweilen faßten wir allen Mut zusammen und schummelten: Wir wagten es, zweimal zum Vespern anzutreten, allerdings nicht vor Hunger, sondern um die Zeit noch ein bißchen schneller vergehen zu lassen. Vormittags, wenn zumindest offiziell keine Zwischenmahlzeit erlaubt war, gaben wir uns damit zufrieden, ein paar Erdbeeren oder Himbeeren aus dem Garten zu naschen, eine Beschäftigung, die diese endlosen Tage immerhin um eine halbe Stunde verkürzte. Auch wenn uns dann am Abend der Gedanke an das ganze Essen, das wir vor lauter Langeweile in uns hineingestopft hatten, zuwider war und deprimierte.

In einem dieser Sommer verkündete uns die Großmutter, daß der Neffe der Hausmeisterleute, nur wenig älter als wir, ein paar Wochen bei uns verbringen würde. »Seid nett zu ihm«, bat sie uns. Unsere

Laune besserte sich im Nu, und wir verbrachten die nächsten Tage in ungeduldiger, fieberhafter Erwartung. Endlich eine Abwechslung, endlich ein neuer Spielkamerad, den es noch zu erforschen galt, einer, dem alles noch ganz unbekannt war, vielleicht sogar ein Freund, auf den man hören, dem man nacheifern konnte. Wir würden ihm unsere Lieblingsplätze zeigen, Keller und Dachboden, Abstellkammer und Holzschuppen, die uns mit einem Mal in einem besseren Licht erschienen, interessanter, aufregender; so wie im übrigen auch die Spiele, unsere üblichen, bis zum Gehtnichtmehr wiederholten Spiele, die in unseren Augen plötzlich wieder an Wert gewannen. Wie einen Messias erwarteten wir ihn.

Eines Abends kam Mattia an. Wir sahen ihn allerdings nur kurz vom Fenster aus durch das kleine Tor huschen, das zur Wohnung des Hausmeisterehepaars führte. Und allein schon diese Diskretion, diese besonnene Verhaltensweise bereitete uns einiges Unbehagen. Am darauffolgenden Tag erschien er dann: Er trug eine Brille, und seine Haut war so blaß, daß sie ins Bläuliche oder auch Grünliche überzugehen schien. Sauber und ordentlich sah er aus, roch nach Seife und war besser angezogen als wir alle zusammen: eine frischgebügelte graue Hose, das Hemd bis obenhin zugeknöpft, polierte Schnürschuhe, gescheiteltes Haar und tadellose Fingernägel ohne eine Spur von schwarzen Schmutzrändern, wie sie sich unter

sale

unseren abzeichneten. Kurzum: ein Erwachsener und wie alle Erwachsenen etwas seltsam und eher unsympathisch.

Wir waren sofort eingeschüchtert, unsicher, auf welche Weise wir ihm entgegentreten sollten: wie einem von uns oder einem von denen, mit ihren anderen Vorstellungen und anderen Regeln? Außerdem war er vernünftig, diszipliniert und gehorsam; mit Sicherheit der Stolz seiner Eltern. Wenn sein Onkel und seine Tante ihn um Punkt halb eins zum Mittagessen riefen, ließ er alles stehen und liegen, unterbrach im schönsten Augenblick jedes Spiel, jedes Gespräch, jede Erkundungstour. Protest hatte keinen Sinn. Er stand einfach auf, machte sich fertig und sagte: »Ich muß jetzt gehen.« Und das gleiche vor dem Abendessen, das früher stattfand als bei uns. Es verschlug uns die Sprache und machte uns ziemlich wütend.

Bei den Spielen war er äußerst schwierig. An den meisten Vorschlägen von uns hatte er etwas auszusetzen: Alles war ihm zu kindisch, zu dumm, zu gefährlich oder für seinen Geschmack auch zu unsauber. Und tatsächlich machte sich Mattia niemals schmutzig, sondern fand sich abends in dem gleichen untadeligen Zustand wieder in der Wohnung seiner Verwandten ein, in dem er sie morgens verlassen hatte. Folglich weigerte er sich nicht nur, mit uns im Wasser und im Schlamm der Bäche zu planschen, sondern lehnte aus Angst vor Staub und Spinnweben auch alle Spiele auf dem Dachboden oder im Keller ab. Und daß er auf Bäume kletterte, war natürlich ebenso ausgeschlossen wie das Klauen von Nachbars Pflaumen, die nicht nur von besserer Qualität waren als unsere, sondern auch noch ein bißchen früher reif wurden.

Nur ein einziges Mal begleitete er uns zusammen mit unserem Vater an den Weiher, wo er sich in einem tristen Badeanzug aus schwarzem Jersey präsentierte. Mehrmals versuchten wir, ihn zu überreden, doch wieder einmal mitzukommen, aber er lehnte stets ab. »Mein Onkel hat gesagt, daß es in diesem Gewässer von allen möglichen Tieren nur so wimmelt«, wandte er auf unser Bitten hin ein. Und wenn wir Wettrennen machen wollten, wehrte er immer ab und wies mit zerknirschter Miene auf ein Herzgeräusch bei sich hin. Dieses Phänomen war uns nicht so ganz klar, aber wir wagten nicht, näher nachzufragen. Bis er uns dann eines Tages alle im Endspurt überholte und mit süffisantem Lächeln gestand, den Leichtathletikpokal bei den Schulwettkämpfen gewonnen zu haben.

An manchen Vormittagen ließ Mattia sich gar nicht erst blicken, sondern blieb in seinem Zimmer. Er wolle sich lieber ausruhen, meinte er, und habe keine Lust, sich beim Spielen zu verausgaben. Oder er mußte lernen, und das, wie er fand, mindestens drei Stunden täglich, um auch im kommenden Schuljahr seine Eins als Durchschnittsnote halten zu können.

Aber noch nicht einmal für diese Zeit lieh er uns das Fahrrad, das er mit in die Ferien gebracht hatte, ein leichtes, funkelnagelneues rotes Rad mit Gangschaltung, nicht so ein schweres, altes schwarzes von der Sorte, wie wir sie benutzten.

Er war weder witzig noch fröhlich und nicht sonderlich interessiert an dem, was wir ihm erzählten. Vielmehr könnte man ihn als Besserwisser bezeichnen, der uns im Grunde geringschätzig behandelte, wenn man bedenkt, daß wir, rein theoretisch, die Enkel der Hausherren waren und er lediglich der Neffe der Hausmeister. Wir konnten es nicht recht glauben, spürten aber, daß er auf uns herabsah. Auf uns dumme Taugenichtse, die untätig und undiszipliniert, unordentlich und schmutzig waren, stundenlang nur auf der Suche nach einem Zeitvertreib.

Am allerliebsten belehrte er uns. Dies ist schädlich, und jenes ist gut. Dies ist falsch, und jenes ist richtig. Seine Theorien – allesamt ziemlich bedrohlich – beruhten auf einer Mischung aus Angelesenem, uns unbekannten Erfahrungen und familiären Ratschlägen. Das Schwarze unter den Fingernägeln ist das reinste Gift. Ein Kratzer am Stacheldraht kann unter Umständen tödlich sein. Sieben Hornissenstiche reichen aus, um ein Pferd zu töten; bei einem Menschen genügen zweieinhalb. Wer vor sechs Uhr morgens aufsteht – was er tat –, wird seltener krank als jemand, der später aufsteht. Zuviel Zucker schadet möglicherweise nicht nur den Zähnen, sondern auch dem Nervensystem.

Vielleicht nahm er deshalb nie an unseren nachmittäglichen Eßgelagen teil, zu denen wir ihn stets, eingedenk der Worte unserer Großmutter »seid nett zu ihm«, sogar freundlich einluden. Wenn wir uns auf den Weg in die Küche machten, verschwand Mattia blitzschnell in der Wohnung von Onkel und Tante, um kurz darauf mit einer dünnen Scheibe Schwarzbrot, die mit einem Hauch Butter bestrichen war, wiederaufzutauchen. An dieser knabberte er dann so langsam und bedächtig herum wie einer, der nur ißt, weil man essen muß. Und er schaute uns mit merkwürdiger Miene dabei zu, wie wir in unsere von Honig oder Marmelade triefenden Brötchen bissen und uns dabei Mund, Wangen und Hände beschmierten.

Während einer dieser parallel ablaufenden Imbisse verstanden wir urplötzlich nicht nur diesen leicht verächtlichen Gesichtsausdruck, mit dem er uns musterte, sondern auch seine ganze Haltung: Er mußte Kommunist sein, genau wie gewisse andere Personen, die unser Vater als solche bezeichnete. Ein Rechtsanwalt zum Beispiel, der sich eine heißgeliebte Hausangestellte von uns geschnappt hatte, um sie zu heiraten, ein Schreibwarenhändler, bei dem wir nicht einkaufen durften, weil seine Kinder nicht getauft waren, und ein wenig auch der Pfarrer, der in seinen Predigten in der Kirche immer gegen diejenigen wetterte, die nicht alles den Armen schenkten. Das Wort fiel plötzlich und stand im Raum wie ein Fluch, schwer und unheilvoll. Denn aus Gesprächen der Erwachsenen, die wir belauscht hatten, wußten wir, daß die Kommunisten die eigentliche Gefahr darstellten, die große, stets lauernde Bedrohung; anders als die Geister, die Diebe oder die wilden Tiere, die uns bisweilen im Schlaf heimsuchten.

Und aus eben diesem Grund verurteilte Mattia uns tagtäglich, indem er hartnäckig den Abstand und den Unterschied zwischen ihm und uns hervorhob und uns ruhig, aber nachdrücklich seine Sicht der Dinge vortrug: Auf der einen Seite standen wir, junge verwöhnte Herrschaften, Schlappschwänze, die von Tuten und Blasen keine Ahnung hatten; auf der anderen Seite er, Sohn armer Leute, aber gebildet, ernst, engagiert und um vieles tüchtiger. Also noch mehr ein Feind als ein Erwachsener, für den wir ihn gleich am Anfang gehalten hatten. In diesem Moment hätten wir uns eigentlich jemandem anvertrauen mögen, sogar unseren Eltern, aber wir beschlossen zu schweigen, um sie nicht zu beunruhigen: Wenn sie nämlich erfahren hätten, daß Mattia Kommunist war, hätten unsere Großeltern ihn mit Sicherheit davongejagt – so vermuteten wir – und obendrein womöglich noch seinen Onkel und seine Tante entlassen.

Jedenfalls sahen wir unseren Spielkameraden von da an mit anderen Augen. Alles stimmte überein, alles paßte haargenau. Sein leichter Dünkel ebenso wie sein kärgliches Essen, sein unermüdliches Lernen ebenso wie sein Trachten, stets der Erste zu sein, besser gesagt, uns zu schlagen, ob beim Wettrennen oder in den Schulnoten. Und daß er sich von einigen unserer harmlosen oder kindlich-grausamen Spiele fernhielt – sei es das Obst- und Maiskolbenstehlen oder die Streiche, die wir dem dicken, gutmütigen alten Herrn spielten, der mit Rasenmähen beschäftigt war –, konnte nur der Ausdruck seiner politischen Überzeugungen sein, von denen wir bis dahin keine Kenntnis hatten, zumindest keine direkte.

Nur sehr schlecht ertrugen wir seine stumme Ablehnung, aber wir hatten Angst und trauten uns nicht, ihm so gehörig die Meinung zu geigen, wie wir gewollt hätten, wie wir es uns heimlich, wenn er nicht dabei war, ausmalten und sogar übten. Außerdem fühlten wir uns paradoxerweise unter seinem strengen, richterlichen Blick tatsächlich irgendwie schuldig und zu Recht in die Ecke gestellt. Das ging sogar so weit, daß wir für unsere Schuld Buße taten: Zuweilen baten auch wir nachmittags nur um ein Stück Schwarzbrot mit einem Eckchen Butter und etwas Salz, und es gab Tage, an denen wir geschlossen vor sechs Uhr aufstanden und uns einer Extraportion Ferienaufgaben widmeten – zur großen Überraschung unserer Eltern und Großeltern, die, sichtlich zufrieden, den guten Einfluß begrüßten, den dieser Junge auf uns hatte. »Der kleine Lenin« hatte unser ältester Bruder ihn getauft, und bei diesem Namen blieb es, selbst wenn er uns Jüngeren nicht viel sagte.

Mit der Zeit veränderte sich natürlich unsere Beziehung zu ihm. Wir gingen auf Distanz, redeten vorsichtiger über alles, nicht mehr so frisch von der Leber weg, und spielten eine Rolle, die Rolle der Vernünftigen, Reifen, der Guterzogenen, Gelangweilten und ein wenig Unsympathischen, im Grunde genommen also seine Rolle. Infolgedessen schien auch er sich ein paar Millimeter auf uns zuzubewegen. Manchmal war er sogar damit einverstanden, selbst bei den dümmsten Spielen mitzumachen. An einem Nachmittag folgte er uns in die Küche und verspeiste mit Genuß – zumindest kam es uns so vor – ein Marmeladenbrot.

Aber er konnte uns nicht mehr hinters Licht führen. Bei ihm war alles Taktik. Das hatten wir gelernt, und so reagierten wir ebenfalls taktisch: Wir fuhren, ohne ihn zu benachrichtigen, mit Papa an den Weiher, unternahmen auf eigene Faust Ausflüge und verzichteten darauf, jeden Morgen vor dem Haus nach ihm Ausschau zu halten.

Und nun hielt er, der Feind, nach uns Ausschau, etwas übereifrig, vielleicht sogar demütig, so wie wir es uns von vornherein gewünscht hätten. Aber – das war klar – es handelte sich um ein Spiel der Interes-

sen. Und obwohl wir sehr versucht waren, die anfänglichen Gewohnheiten wieder aufleben zu lassen, zwangen wir uns doch, das Ganze aus vorsichtiger Distanz zu beobachten.

Als Mattia abreiste – ohne uns direkt zu informieren, so hatten sich die Beziehungen inzwischen abgekühlt –, fielen wir augenblicklich wieder in die heillose Langeweile nicht enden wollender leerer Tage zurück. Plötzliche Stille über einem Meer von Stunden, ohne den geringsten Windhauch, Schweigen, schmollende Gesichter, Streitereien, immer wiederkehrende nachmittägliche Eßgelage und eine stechende, schmerzliche Erinnerung an den griesgrämigen verlorenen Ferienkameraden. So als wären wir ohne ihn wie gelähmt, betäubt. Und zum ersten Mal wurden wir von unserer Großmutter mit einer gewissen Strenge getadelt: weil wir zu dem Neffen des Hausmeisterehepaars nicht so nett waren, wie sie es sich gewünscht hätte.

In jenem Jahr reiste Budischowsky nicht nur mit unordentlich zusammengepferchten Kleidungsstücken, Schulheften voller halbangefangener Hausaufgaben, einer Sammlung zerdrückter Pflanzen und melancholischen Schwarzweißfotos nach Hause zurück. Irgendwo zwischen all den Blusen, Pullovern und Socken befand sich auch eine Postkarte, die uns eine Woche nach der Abreise des kleinen Lenin erreicht hatte

»Ich glaube nicht, daß ich jemals in euer riesiges Haus zurückkomme. Aber ihr könnt sicher sein, daß wir uns früher oder später wiedersehen werden. Viele Grüße von Mattia F.«, stand da in winzigkleiner, gestochener Handschrift, sonst nichts. Die Karte schwelte im Koffer, und wir waren froh, daß wir für mindestens zwölf Monate außer Reichweite waren.

Herz Jesu, Herz Mariä

Budischowsky gelangte wieder zu neuen Ehren, als die Internatszeit anbrach. Unsere Brüder waren schon seit längerem zu einem solchen Leben verdammt, das sie, abgesehen von den Sommerferien, von Weihnachten, Ostern und eventuell Allerheiligen – vorausgesetzt, die Tage fielen günstig – von zu Hause fernhielt; Anlässe, bei denen sie uns distanziert vorkamen, resigniert, wie die reinsten Ordnungsfanatiker, ganz anders, als wir sie eigentlich kannten.

Das Internat hatten wir wahrscheinlich unserem ältesten Bruder zu verdanken, der schon im Alter von neun oder zehn Jahren als »sehr rebellisch und undiszipliniert« galt. Aus dem einfachen Grund, weil er sich mit Freunden umgab, die als Rabauken verschrien waren und mit denen er auf Bäumen, Mauern, Gittern und manchmal sogar auf Dächern herumturnte. Weil er seine Schulaufgaben am liebsten im Trubel irgendeiner Dorfkneipe machte, anstatt allein und in Ruhe in seinem Zimmer am Schreibtisch, und weil er wie die Bauern alle möglichen kleinen Vögel mit leimbestrichenen Stöcken fing, um sie anschlie ßend in einen Käfig zu sperren oder um sie über einem Feuerchen, das er in irgendeiner Ecke des Gartens anzündete, am Spieß zu braten und zu verspeisen. Eine Art von Wilddieberei, die unser Vater, ein passionierter Jäger, als ein echtes Verbrechen ansah.

Aber der Tropfen, der das Faß zum Überlaufen brachte, war das große, viereckige, mit rostigen Nägeln gespickte Brett, das ihm aus der Hand glitt, als er gerade dabei war, zusammen mit seiner üblichen Clique ein Baumhaus zu bauen. Das Brett traf den anderen Bruder, der das interessante Spektakel voller Bewunderung von unten verfolgte. Die schwere Holzkante riß eine tiefe Wunde in seine Stirn, aus der das Blut herausschoß, so daß sich Tropfen für Tropfen die Spur vom Baum bis zum Haus und dann die Treppe hinauf bis in die Zimmer verfolgen ließ. Jämmerlich weinend kamen die beiden Brüder angelaufen, aber sobald der ältere den jüngeren der Tata übergeben hatte, machte er sich aus Angst vor der drohenden Strafe aus dem Staub und versteckte sich im Haus eines seiner üblen Spielgefährten.

Natürlich besänftigte diese Flucht Papas Zorn nicht gerade, ganz im Gegenteil, und noch an demselben Abend wurde das Urteil verkündet: Internat. Am unglücklichsten darüber war, nach dem unmittelbar Betroffenen, der andere Bruder, der in gewissem Sinne aus eigenem Verschulden seinen besten Freund verlor. Wir beiden kleinen Schwestern begriffen nur wenig, aber wahrscheinlich hatten unsere Eltern – wohl um vor sich selbst die harte Entscheidung zu rechtfertigen – uns den schrecklichen Vorfall so lang und breit geschildert, daß wir noch jahrelang mit Grauen daran zurückdachten: Nur ein paar Zentimeter weiter, und unser Bruder wäre an der Schläfe getroffen worden und tot gewesen.

Sobald die Schleusen einmal geöffnet waren, schien es – auch ohne daß besondere Missetaten begangen wurden – nach einigen Jahren vielleicht logisch und zudem praktisch zu sein, uns alle aufs Internat zu schicken. Als Antwort auf unsere Proteste, unsere Bitten um Erklärung murmelten unsere Eltern so etwas wie, es sei wichtig, aus der Isolation des Landlebens herauszukommen, seinen Horizont zu erweitern und neue Freundschaften zu schließen. Damit gaben wir uns natürlich nicht zufrieden, aber unsere Einwände wurden als liebenswert kindliches Geschwätz abgetan und nicht im mindesten in Betracht gezogen.

Uns Schwestern traf es als letzte, der Einfachheit halber hatte man beschlossen, uns gemeinsam ins Internat zu schicken. Zwar stimmte das Ziel geographisch mit dem unserer Brüder überein, aber während für die Jungs ein renommiertes, von Priestern geführtes Internat ausgesucht worden war, begnügte man sich bei uns Mädchen mit einem viel bescheideneren und – hier lag wohl der Hase im Pfeffer – auch weniger kostspieligen Nonnenkloster.

Obwohl wir uns in derselben Stadt befanden, kam es ganz selten vor, daß wir vier uns einmal verabredeten; einerseits deswegen, weil es kompliziert war, die jeweiligen Ausgangszeiten der Internate in Abstimmung zu bringen, andererseits aber wohl auch darum, weil wir uns immer mehr auseinanderentwickelten. Die wenigen Male, die wir uns trafen, waren wir uns schon so fremd, daß wir nicht recht wußten, worüber wir miteinander reden sollten. Die strengen Alltagsregeln, denen wir ausgeliefert waren, hatten bereits ihre Spuren hinterlassen: Es war, als ob auch unsere Phantasie eingesperrt worden wäre. »Was habt ihr heute gegessen?« fragten wir schließlich, ganz so wie Heimbewohner sich unterhalten, für die das Essen eines der wenigen Vergnügen darstellt. »Lasagne, gebratenes Hühnchen, Pommes frites und Eis« oder »Ravioli, Rindersteak und Banane«, antworteten unsere Brüder, und wir waren am Boden zerstört und neidisch obendrein, denn bei uns gab es nie Lasagne und auch keine Ravioli, Pommes frites, Bananen oder Eis. Hühnchen ja, sonntags, aber gekocht, und zwar so, daß es schon ganz grau war und sich vom Knochen löste, und dazu mußten wir ein undefinierbares grünes Gemüse vertilgen, das ebenfalls zerkocht und schon ganz kalt war.

Budischowsky gelangte also wieder zu Ehren, als unsere Abreise bevorstand, allerdings nicht mehr ausschließlich als Koffer für die Ferien, der nur im Sommer zum Einsatz kam, sondern diesmal für den ständigen Gebrauch. Mit Bettlaken, Decken und Handtüchern gefüllt, begleitete er uns auf der Fahrt, und da uns Nummern zugewiesen waren – 102 und 103 –, die in den darauffolgenden Jahren eine viel größere Rolle spielten als unsere Namen, wurden diese Zahlen mit einem grünen Filzstift auf dem Lederdeckel vermerkt, und da stehen sie noch immer, unauslöschlich auch nach all den Jahren.

Es war eine traurige Fahrt, wir beide saßen stumm im Auto und grollten unseren Eltern, die darüber diskutierten, welcher Weg der beste war. Wir hatten den Fehler begangen, die Reise bis zuletzt hinauszuschieben, und so kamen wir erst am Abend in dem Kloster an, das uns in der Dunkelheit doppelt finster erschien. In der Eingangshalle war nichts zu erkennen, nur am Ende des langen Gangs befand sich vor einer abscheulichen bunten Glaswand eine große weiße Christusstatue, die von einem roten Lämpchen angestrahlt war, das an Friedhof erinnerte. Dort haben wir uns verabschiedet, wir beide schluchzend mit unserem Gepäck in der Hand, aber auch Mama mit erstickter Stimme und Tränen in den Augen.

Trotzdem sollten viele Jahre vergehen, eigentlich waren wir schon erwachsen, bis uns klar wurde, daß das Internat unsere Mutter unglücklicher gemacht hatte als uns: Sie, die daran gewöhnt war, vier Kinder um sich zu haben, fand sich innerhalb kürzester Zeit ohne eine Menschenseele in einem leeren Haus wieder. Bewundernswerterweise hat sie jedoch durchgehalten.

Die Nonnen trugen ein weißes, mit Biesen besetztes Häubchen, einen schwarzen Schleier, ein schwarzes Gewand und ebenso schwarze Schuhe, aber zur allgemeinen Überraschung weiße Strümpfe, vielleicht weil schwarze doch zu aufreizend gewirkt hätten. Die Klosterschülerinnen hatten blaue Uniformen: in der Taille weite und an den Schultern gekräuselte Kleider, die jede sich möglicherweise abzeichnende Form kaschieren sollten. Pullover waren nicht verboten, und es gab auch keine Vorschriften hinsichtlich der Frisuren. Deshalb streiften die Pfiffigsten lange, enganliegende dünne Oberteile über das Kleid, was schlank machte und gleichzeitig den Busen betonte, und sie frisierten sich Wellen ins Haar, toupierten es oder steckten es hoch, um älter auszusehen. Einige sprühten es sogar ein und hinterließen im Vorbeigehen eine Parfümwolke mit der Wirkung, daß die anderen Mädchen sich noch mehr wie Trampel oder Betschwestern fühlten – also noch unattraktiver als ohnehin schon.

Die Nonnen ihrerseits verströmten einen seltsamen Geruch, einen Geruch ohne Namen, weder Duft noch Gestank: eine Mischung aus geschlossener Schachtel, regennassem Marmor und in Lauge getauchter Wäsche, einen Geruch, der keine allzu große Nähe zuließ. Viele hatten einen kleinen Oberlippenbart, je nach Alter schwarz oder weiß. Sie waren nicht böse, mit einer Ausnahme, sie waren aber auch nicht gut, außer einer einzigen.

Diese einzige Gute war groß, dick und unordentlich, nicht so kontrolliert und unpersönlich wie die anderen, sie naschte für ihr Leben gern Bonbons, und die Haube saß ihr immer ein wenig schief auf dem Kopf. Sie hatte wäßrige blaue Augen, und anstatt an der Pforte Dienst zu tun, schlief sie häufig auf ihrem Stuhl ein, weshalb eine andere Schwester sie dann beiseite nahm – aber nicht so unauffällig, daß wir es nicht bemerkten – und sie tadelte. Im Winter war ihr nie kalt, im Sommer litt sie unter der Hitze, und zu allen Jahreszeiten lachte sie mit aufgerissenem zahnlosem Mund so schallend, wie es sonst nur Männer tun.

Um die älteren Mädchen zu trösten, die noch keinen festen Freund hatten und befürchteten, auch niemals einen zu finden, solange sie im Kloster waren, gab sie ihnen den Rat, zum heiligen Josef zu beten, der, ihren Worten zufolge, auf die Suche nach guten Ehemännern spezialisiert war. Wenn aber dann das Unerwartete eintrat, rechnete keine von ihnen dies dem Heiligen als Verdienst an, und alle, selbst die frömmsten, schienen davon überzeugt, ihren Freund allein und ohne seine Hilfe gefunden zu haben.

In Wirklichkeit hatten die wenigsten einen richtigen Verehrer, das heißt, keinen imaginären, frei erfundenen, sondern einen aus Fleisch und Blut; einen, der die Kühnheit besaß, sich auch mal im Besucherzimmer zu zeigen oder seine Angebetete am Sonntagabend sogar direkt ins Internatsgebäude zurückzubringen. Auf diese Weise hatten zumindest alle anderen Mädchen, die im Dunkeln an den Fenstern hingen, die Möglichkeit, einen flüchtigen Blick auf die Gestalt unten im Hof zu werfen.

Besondere Privilegien genossen in dieser Hinsicht die Mädchen, die in der Nähe wohnten und jedes Wochenende nach Hause fuhren, wo sie sich dauernd auf irgendwelchen Festen und Bällen vergnügen konnten. Zurück im Internat, wirkten sie wie ausgewechselt: Nicht nur, daß sie jedesmal frisch vom Friseur kamen und ihr Mund und ihre Augen noch die verwischten Spuren von Make-up aufwiesen, sie hatten darüber hinaus auch etwas geheimnisvoll Übermütiges, das wir, Waisenkinder in Sachen Liebe, zwar nicht verstanden, aber das unser Herz höher schlagen ließ. Um ihnen ihre außerordentliche Verachtung kundzutun, empfingen die Nonnen sie mit angewiderter Miene und der Bemerkung: »Schämt ihr euch denn gar nicht, so angepinselt herumzulaufen?« Bei uns konnte dagegen von Verachtung keine Rede sein, vielmehr stellten wir uns all die Küsse vor, sahen im Geiste die Umarmungen. Weiter wagten wir nicht zu gehen.

Und sie, die Verliebten, verrieten niemals auch nur ein Sterbenswörtchen. Sie zwinkerten lediglich ihren engsten Freundinnen zu und flüsterten in der Schwebe bleibende Sätze, unverständlich für uns, die wir aus einer gewissen Entfernung mit gespitzten Ohren vergeblich versuchten, den Sinn zu erfassen. Es handelte sich um Losungen, die ganz eindeutig die Wissenden von den Unwissenden trennten.

Die Ausgeschlossenen, zu denen auch wir gehörten, waren jedenfalls, mal abgesehen von der Geheimniskrämerei, ganz verstört darüber, daß es von den Betroffenen als etwas völlig Normales angesehen wurde, einen festen Freund zu haben. Es bedurfte einfach keiner besonderen Erwähnung, während es denjenigen, die nur drei- oder viermal im Jahr nach Hause fuhren und sich nicht dauernd auf kleineren oder größeren Festen vergnügten, als der Inbegriff der Glückseligkeit erschien. Eine Glückseligkeit, über die wir endlose Gespräche führten und der wir uns durch Diäten, Lesen, neue Frisuren und Gebete zum heiligen Josef anzunähern suchten, ohne daß wir uns allerdings vorzustellen vermochten, auf welche Weise und wann wir sie jemals würden kennenlernen können.

Die böse Nonne hatte einen Schnurrbart und war gnadenlos. Klein, arrogant und inkompetent wie sie war – dabei unterrichtete sie Latein – führte sie als eine Art Polizeichefin die Oberaufsicht. Sie sah alles und hörte alles. Wie eine Furie durchwühlte sie aus heiterem Himmel Schränke, Schubladen und Schreibtische. Nicht einmal die Taschen der Uniformen waren sicher vor ihr: Während wir badeten oder uns in der Turnhalle aufhielten, konnte es durchaus vorkommen, daß sie auch diese untersuchte. Aber wenn sie dann immer noch argwöhnte, wir versteckten etwas – und was konnte das schon anderes sein als ein Stück Schokolade, ein paar Bonbons, Kaugummi oder schlimmstenfalls vielleicht ein Päckchen mit zwei oder drei Zigaretten? –, hielt sie nichts davon ab, uns geradewegs in die Tasche zu greifen.

Natürlich wurde sie gehaßt, und wer sie nicht haßte, wer sogar behauptete, sie zu mögen – selbst die böse Nonne hatte einige treue Anhänger, ihre Sklavinnen und persönlichen Spioninnen –, wurde dafür verabscheut. Als Jahre später ebendiese Anhänger, die immer mit ihr in Kontakt geblieben waren, die Nachricht verbreiteten, daß sie ihre Tracht abgelegt und das Kloster verlassen habe, um mit Stadtrandkindern zu arbeiten, verstanden wir die Welt nicht mehr.

Weder gut noch böse, nur in höchstem Maße distanziert war die Mutter Oberin, »die Ehrwürdige« genannt. Klein und dürr, mit blassen, scharfen Zügen, redete sie ausschließlich im Flüsterton, als wäre sie immerfort krank, und dabei setzte sie ein leichtes, mildes Lächeln auf, ungefähr so wie die Madonna auf dem Altar der Kapelle, die sie womöglich zu imitieren versuchte. Obwohl sie genauso gekleidet war wie die anderen, wirkte sie auf unerklärliche Weise eleganter, würdevoller und mit ihren langsamen, kontrollierten Bewegungen auch anmutiger. Zum Glück zeigte sie sich selten, denn sie jagte allen Angst ein, Zöglingen wie Nonnen. Aber wenn sie dann doch einmal auftauchte, galt es, jede Tätigkeit unverzüglich zu unterbrechen, sei es Spielen, Schwatzen, Lesen oder Lernen, sich ordentlich in Reih und Glied an der Wand aufzustellen und artig zu lächeln. Man munkelte, sie sei eine Prinzessin oder eine Herzogin, aber dafür erschien uns ihr Familienname denn doch etwas zu plebejisch.

Normalerweise sahen wir die Ehrwürdige nur bei der Sonntagsmesse und samstags mittags nach dem Unterricht in der Aula, wo sie die Noten in Betragen verteilte, von denen das Recht auf den ersehnten Ausgang abhing. Klassenweise standen wir, einen Halbkreis bildend, beisammen, während sie in der Mitte auf einem kleinen geflochtenen Stuhl saß und uns mit ihrer grausam schrillen Kinderstimme eine nach der anderen aufrief.

Egal, wie die Note ausgefallen war, man mußte in unterwürfiger Haltung vortreten, einen Knicks machen und sich für das Blatt Papier bedanken, das die Ehrwürdige einem reichte und dessen Inhalt kurz zuvor mit der Emphase eines Jüngsten Gerichts vorgetragen worden war.

Mit einem »sehr gut« oder einem »gut« war man natürlich aus dem Schneider, selbst ein »befriedigend« reichte meistens noch aus. Dazu verdammt, den Samstag und den Sonntag innerhalb der Klostermauern zu verbringen, waren hingegen diejenigen mit den Noten »mangelhaft« und »ungenügend«. Und sogar in Anwesenheit der Mutter Oberin brach regelmäßig irgendeine der jüngeren Schülerinnen verzweifelt in Tränen aus: Jeglicher Ausgang war ihr untersagt, selbst dann, wenn ausgerechnet an jenem betreffenden Wochenende Eltern oder Verwandte angereist waren, womöglich aus Sizilien, Apulien oder sogar aus Südtirol. Die Nonnen waren unerbittlich, obwohl diese Noten überhaupt nichts mit den schulischen Leistungen zu tun hatten, dem einzigen, was Eltern wirklich interessiert.

»Aufstellen ungenügend« hieß es, wenn man auf dem Weg vom Schlafsaal zur Kirche, vom Arbeitsraum zum Refektorium, vom Klassenzimmer zur Turnhalle zuviel schwatzte; Strecken, die schweigend und ganz brav im Gänsemarsch zurückgelegt werden mußten. »Verhalten ungenügend« – diese Note hagelte es am häufigsten bei denjenigen, die mit einigem Nachdruck gegen die unzähligen lächerlichen, antiquierten, absurden Verbote des Internats protestierten. Als da waren: eingehakt spazierengehen, mehr als einmal in der Woche baden, Zeitungen oder Bücher lesen, die nicht aus der Schulbibliothek stammten,

Fotografien auf dem Nachttisch, nach zehn Uhr abends lernen, sich im Winter an die Heizkörper lehnen, Tagebuch führen oder irgendwo eigene Lebensmittel aufbewahren, die einem von liebevollen Müttern, Großmüttern und Tanten geschickt worden waren.

Von einer solchen Strafe waren natürlich häufiger die jüngeren als die älteren Mädchen betroffen, die in der Aula niemals wegen eines »ungenügend« weinten. Hochmütig trotzten sie der Ehrwürdigen und fixierten dann mit spöttischem Blick die böse Nonne, die graue Eminenz, die im Hintergrund mit Zuckerbrot und Peitsche wedelte, vor allem mit der Peitsche. Später weinten sie dann zuweilen heimlich, aber in ihr heftiges Schluchzen mischten sich immer wieder wütende Ausrufe, Verwünschungen und Fluchtpläne.

Doch während unserer Zeit im Internat riß nur eine einzige tatsächlich einmal aus: Sie war achtzehn Jahre alt, hatte seidiges dunkles Haar und einen verführerischen Mund. Eines Nachmittags brach sie auf und streifte in Gedanken versunken durch die Felder, bis sie die Stadt erreichte. Dort gönnte sie sich eine warme Pizza und mit Creme gefüllte Krapfen und kam ein paar Stunden später ohne jede Heimlichtuerei und ohne daß eine der Nonnen es bemerkt hätte, auf demselben Weg wieder zurück. Wegen der vielen fettigen, schweren Krapfen ging es ihr am

Abend dann ziemlich schlecht, aber die Krankenschwester, die sie untersuchte, verriet sie nicht und sprach statt dessen von einer Blinddarmentzündung. Ein Zauberwort, das die Nonnen in Aufruhr versetzte. Sie taten, was sie immer taten, wenn jemand über anhaltende, undefinierbare Bauchschmerzen klagte: In Windeseile schickten sie die Ausreißerin in die beste Klinik der Stadt, wo sie sich einer Notoperation unterziehen sollte.

Statt des Schlafsaals stand uns Schwestern ein kleines Zimmer zu, ein Privileg, das wir mit einer winzigen Schar anderer Schwestern teilten sowie mit den Großen aus der Abiturklasse. Ein Privileg, das dadurch wettgemacht wurde, daß die Zimmer sich im Dachgeschoß befanden und ganz dünne Wände hatten, so daß dort bereits im Mai und Juni glühende Hitze herrschte, während es in den Herbst- und Wintermonaten eiskalt war.

Ein Privileg, das uns von Anfang an ein wenig von den anderen Mädchen isolierte, zwischen denen Vertrautheit und Einverständnis vor allem im Schlafsaal entstand, wenn sie sich in Nachthemd und Pantoffeln oder auch in Unterwäsche begegneten. Jede wußte alles über jede: wer schnarchte, wer weinte, wer im Schlaf schrie, wer Alpträume hatte und die Nonne rief, um sich trösten zu lassen, wer unter religiösen Wahnvorstellungen litt, wer schlafwandelte oder so tat als ob, selbst wer ins Bett machte.

Wir hingegen blieben sowohl den Nonnen als auch den Mädchen nahezu unbekannt, denn wir gehörten nicht zu denen, die sich anderen anvertrauten, die in aller Öffentlichkeit weinten oder persönliche Dinge preisgaben. Außerdem wußten die anderen über Mode Bescheid, über Schuhe, Kleidung, Make-up, Haartönungen, Strähnchen und Wasserwellen, über Schauspieler und Sänger. Sie kannten sogar die Texte und Melodien aller möglichen Schlager. Wir nicht, wir waren von alledem völlig unbeleckt; wer weiß, auf welche Weise man uns gewollt oder ungewollt über dieses so vielseitige Wissen im dunkeln gelassen hatte.

Ohne daß auch nur ein einziges Wort fiel, war der Unterschied zwischen uns und den anderen Mädchen vom ersten Tag an sonnenklar. Solange man auf die Uniform wartete, die einige Nonnen in irgendeinem abgelegenen Winkel des Klosters für uns anfertigten, waren »die Neuen« in Zivil, also in der von zu Hause mitgebrachten Kleidung. Sie trugen schmale Röcke mit enganliegenden Oberteilen, ärmellose Etuikleider, Seidenstrümpfe und hochhackige Schuhe sowie Armbänder und Halsketten. Wir erschienen dagegen in Faltenrock und weißer Bluse mit Strickjacke darüber, in Kniestrümpfen und mit flachen Schnürschuhen, die – klobig wie sie waren – wahrscheinlich aus den Beständen unserer Brüder stammten.

Als man uns endlich die häßlichen, plump wirkenden Uniformen überreichte, durch die wir den anderen ebenbürtig wurden und mit unserer eigenen Kleidung nicht mehr weiter auffielen, waren wir richtig glücklich. Erst viel später erfuhren wir von einigen Mädchen, zu denen wir ein wenig Vertrauen gefaßt hatten, daß man uns zu den am schlechtesten gekleideten Neuankömmlingen jenes Jahres auserkoren hatte. Das traf uns, zumal wir fest davon überzeugt waren, daß ein Pummelchen in Eidechsengrün mit einem Gürtel aus goldenen Kettchen, der ihren Taillenumfang noch zusätzlich betonte, an Geschmacklosigkeit nicht zu überbieten war.

Budischowsky, die vielleicht einzige konkrete Spur unseres früheren Lebens, landete unter unseren Betten, und es tat uns gut, ihn dort zu wissen, so familiär und vertraut, als strahlte er Wärme und Sicherheit aus. In ihm bewahrten wir die zusätzlichen Decken auf, die unsere Mutter uns für den Notfall geschickt hatte, und manchmal, wenn das Heimweh uns überfiel, vergruben wir unsere Gesichter darin, um die verlorenen heimatlichen Gerüche einzuatmen.

Aber auch die nachmittägliche Zwischenmahlzeit, die nicht inbegriffen war und für die deshalb die Familien zu sorgen hatten, erinnerte uns an zu Hause. Und wenn die Uniform ganz demokratisch jeglichen Unterschied zwischen uns aufhob oder aufzuheben ver-

suchte, so brachte uns dieser Imbiß aufs neue auseinander und trennte uns nach Einkommen, Schicksal, Großzügigkeit und Fürsorge der jeweiligen Eltern.

Was hätte unserem sparsamen Vater und unserer gesundheitsbewußten, spartanischen Mutter auch schon anderes für uns Schwestern einfallen können als die Äpfel aus dem heimischen Garten. Zweimal jährlich, im Herbst und im Frühling, kam eine Kiste voll davon an; die Nonnen verstauten sie in einer ihrer diversen Vorratskammern, und jeden Nachmittag um vier fanden wir auf unseren Plätzen im Speisesaal, direkt auf der nackten marmornen Tischplatte jeweils zwei einsame Äpfel vor. Während die Früchte in den ersten Monaten noch schön fest und knackig waren, wurden sie im Laufe der Zeit klein, weich und schrumpelig. Je weiter das Jahr voranschritt, desto trauriger sahen sie aus, bis sie schließlich, meistens so Anfang Mai, ganz verschwanden, weil sie entweder verfault oder bereits aufgegessen waren. Aber unser Vater, darüber in Kenntnis gesetzt, antwortete nur, daß es sich nicht mehr lohne, noch neue zu schicken. Da die Bestimmungen nicht vorsahen, daß man einfach weiterlernte, anstatt in den Speisesaal zu gehen, verbrachten wir also im weiteren die halbstündige Vesperzeit damit, den anderen beim Essen zuzusehen.

Und es schien uns, daß diese anderen ausnahmslos besser dran waren als wir. Um uns herum war reichlich aufgetischt: Salami und Kekse, Schmelzkäseecken und Zwieback, ganz zu schweigen von echten Leckereien wie köstlichen Hefeteilchen, einer absoluten Neuheit, oder einzeln abgepackten Zuckerkringeln. Am meisten von allen beneideten wir die Töchter von Apothekern, die aus dem elterlichen Geschäft diätetische Lebensmittel oder Kindernahrung mitbrachten, denen gegenüber sich unsere Äpfel einfach dürftig ausnahmen, noch armseliger und trauriger verglichen mit jenem gehaltvollen Dauergebäck, den wohlriechenden Fruchtsäften und dem süßen, cremigen Babybrei.

Bisweilen ließen sich diese Glückspilze auf einen Tauschhandel mit uns ein: einen Apfel gegen drei Löffelbiskuits. Nur aßen sie den Apfel dann für gewöhnlich nicht, sondern warfen ihn heimlich weg. Es tröstete uns auch nicht besonders, daß unsere Genügsamkeit beim Vespern – die im übrigen gewiß nicht gewollt war – uns die Bewunderung und Wertschätzung der Nonnen eintrug, die es nicht versäumten, uns in der Öffentlichkeit stets als leuchtendes Beispiel hinzustellen.

Und dann war das, was uns schließlich ins Verderben stürzte, ausgerechnet das Essen – oder: besser gesagt, das Trinken.

Schon seit geraumer Zeit nahmen wir frühmorgens aus irgendwelchen Zimmern Kaffeeduft wahr, und zwar von richtigem Kaffee, nicht dieser schrecklich dünnen Brühe, die man uns zum Frühstück vorsetzte: eigentlich nur Milch mit gerade mal soviel Gerste darin, daß die Farbe einigermaßen stimmte. Aber es sollte Monate dauern, bis wir begriffen, daß dieser Duft nicht aus einem privilegierten, unsichtbaren Refektorium kam, in dem die Nonnen dampfenden schwarzen Kaffee schlürften und dazu womöglich noch warme Hörnchen aßen, sondern aus nächster Nähe, nämlich aus den Zimmern der Abiturientinnen.

Vorsichtig versuchten wir, Genaueres in Erfahrung zu bringen, und entdeckten, daß es – trotz strengsten Verbots – bei allen Zimmerbewohnerinnen gang und gäbe war, sich morgens gleich nach dem Aufstehen einen ordentlichen Kaffee auf einem Campingkocher aufzubrühen. Letzteren bewahrten sie zusammen mit dem Kaffeepulver, der Kaffeekanne, den Tassen und Löffeln im hintersten Teil ihrer Schränke auf. Eine hatte sogar Spülmittel organisiert, um die Tassen abzuwaschen, eine andere Kondensmilch, um einen Cappuccino vorzutäuschen. Und alle waren sie bereit, eine Viertelstunde früher aufzustehen, um dem heimlichen Ritual zu frönen.

Selbstverständlich wollten wir den anderen in nichts nachstehen. Aber schüchtern und ängstlich, wie wir waren, dachten wir uns etwas anderes aus; etwas, das wir für diskreter hielten und das darüber hinaus auch die Zustimmung der Abiturientinnen fand, die besorgt waren, daß die übermäßige Verbreitung ihres geheimen Brauchs leichter zu seiner Entdeckung führen könnte. Also verwarfen wir den morgendlichen Kaffee wegen seines durchdringenden Geruchs – unser Zimmer befand sich genau gegenüber dem der aufsichtführenden Nonne –, aber auch wegen unserer Abneigung, noch vor der festgelegten Uhrzeit aufzustehen. Wir entschieden uns daher für einen abendlichen Kamillentee: zum einen, um gut zu schlafen, zum anderen, um uns in der eisigen halben Stunde vor dem Zubettgehen noch mal richtig aufzuwärmen.

Nach und nach besorgten wir uns im Laufe unserer samstäglichen Ausgänge alles Notwendige: Kocher, Streichhölzer, einen kleinen Topf, Kamille, Zucker und Zitrone. Nur die Teelöffel hatten wir vergessen, die stibitzten wir später im Speisesaal. Schweigend vollzogen wir auf diese Weise in den kalten Monaten Abend für Abend eine Zeremonie. Das Geschirr ließen wir jedesmal wieder unter den Notdecken im Budischowsky verschwinden, der uns sicherer schien als der Kleiderschrank.

Mehr als einmal riskierten wir, erwischt zu werden, sei es, weil uns der Topf aus der Hand glitt und zu Boden schepperte, sei es, daß die aufsichtführende Nonne auch nach ihrem üblichen Rundgang plötzlich noch einmal hereinschneite (»Ach, hier war ich ja schon. Aber einmal ist keinmal: Herz Jesu, Herz Mariä …« »Euch schenke ich mein Herz und meine Seele.«). Aber für uns wie für die anderen verlief trotz des allmorgendlichen starken Kaffeegeruchs immer alles glatt. Wir gaben uns sozusagen einer angenehmen Gewohnheit hin, über die wahrscheinlich der weitaus größte Teil des Internats auf dem laufenden war.

Dann erfolgte völlig überraschend die Razzia. Nicht wirklich überraschend, um ehrlich zu sein, denn ihr gingen ein paar Standpauken voraus, in denen wir darauf hingewiesen wurden, wie gefährlich es sei, im Innern des Klosters Feuer zu machen. Vorsichtshalber hatten wir deshalb schon auf unser Kamillenteeritual verzichtet, so wie die anderen auf ihren Kaffee. Aber das reichte nicht. Eines Tages mußten wir uns vor dem Unterricht im Arbeitsraum versammeln, und der Blitzstrahl des Zorns ging auf die Schuldigen nieder. Das Vergehen wurde mit größter Entrüstung lang und breit geschildert – von wem sonst als von der bösen Nonne –, aber die Sünderinnen wurden nie genannt. Kein einziger Name fiel, es erfolgte nur die Verkündigung des schrecklichen Strafmaßes: »An vier aufeinanderfolgenden Samstagen erhalten die Verantwortlichen die Note ungenügend. Damit ist einen Monat lang jeder Ausgang gestrichen.« Am Ende dann noch ein überraschender

Nachtrag: »Eine Eins für zwei Schwestern, die sich wieder einmal durch ihr tadelloses Verhalten hervorgetan haben.« Kurz gesagt, Budischowsky hatte uns gerettet.

Es war gar nicht einfach, solches Lob einzuheimsen und die böse Nonne dabei mit Unschuldsmiene anzuschauen. Noch schwieriger war es jedoch, sich nach außen den Anschein zu geben, als hätte man ein ruhiges Gewissen und wäre gleichzeitig befremdet und empört über soviel Disziplinlosigkeit, über eine derart unverfrorene Heuchelei seitens der Mitschülerinnen; aber irgendwie gelang es uns. Hinter dem Rücken der Nonnen und der Abiturientinnen – letztere hatten bei der Rückkehr in ihre Zimmer den hintersten Teil ihrer Schränke völlig leergeräumt vorgefunden – schütteten wir uns aus vor Lachen und beeilten uns, unsere wenigen Küchenutensilien irgendwo anders zu verstauen. Aus Angst vor einer erneuten Durchsuchung brachten wir sie an einer Stelle unter, die wir für ziemlich raffiniert, nahezu unsichtbar hielten: in einem Beutel im Schrank, gut versteckt zwischen Jacken und Mänteln.

Kaum einen Tag später sahen sich die Nonnen gezwungen, die Belobigung für die zwei so gut erzogenen Schwestern wieder zurückzunehmen; allerdings ohne es ausdrücklich zu sagen, um sich nicht in aller Öffentlichkeit lächerlich zu machen und sich ja keine

Blöße geben zu müssen. Die zweite Razzia ging in aller Stille über die Bühne, ohne jede Vorwarnung, ohne Ankündigung von Strafmaßnahmen, nur ein langer verächtlicher Blick für uns von seiten der bösen Nonne. Und selbstverständlich waren Kocher, Tassen, Topf und Kamille wie vom Erdboden verschwunden. Ganz zu schweigen von dem vierwöchigen »ungenügend«. Hätten wir alles im Budischowsky gelassen, wäre es uns wahrscheinlich erspart geblieben, zuerst in den Himmel gehoben und dann kurz darauf fallengelassen und dem menschlichen Abschaum zugerechnet zu werden.

Mehr als einmal stellten wir uns die Frage, wie es bei den Nonnen zu diesem Sinneswandel kommen konnte, was sie bewogen hatte, unsere Sachen ein zweites Mal zu durchwühlen. Ob unser Blick doch nicht unschuldig genug war? Vielleicht hatten sie uns ja auch beobachtet, als wir uns heimlich totlachten?

Erst später, die Internatszeit lag längst hinter uns, ging uns beiden, ohne daß wir groß darüber gesprochen hätten, ein Licht auf: Irgendeines der Mädchen muß, provoziert durch jenes erste unverdiente Lob, das Gerücht verbreitet haben, daß wir zwei Schwestern mitnichten besser waren als alle anderen. Wer weiß, warum wir nicht schon damals darauf gekommen sind?

Der dreimonatige Krieg

Noch einmal, wahrscheinlich ein allerletztes Mal, kam der große Koffer zum Vorschein, als unser Vater beschloß, sich von unserer Mutter zu trennen: In regelmäßigen Abständen, nach jedem oder fast jedem Streit mit ihr, verkündete er dies. »Jetzt reicht's«, sagte er dann, »ich halte es nicht mehr aus.« Aber es klang mehr nach einem Hilferuf als nach einer Drohung, so wie man den Himmel anruft, weil es seit Tagen regnet oder weil der Regen seit Monaten ausbleibt, weil man zuviel gegessen hat oder weil man gestürzt ist und sich dabei irgendein Wehwehchen zugezogen hat.

Meistens verlieh unser Vater seinen Worten Nachdruck, indem er demonstrativ aus dem Zimmer stürzte, sämtliche Türen hinter sich zuknallte und mit rhythmisch metallischem Klacken – hervorgerufen durch die Eisenbeschläge, die er unter den Absätzen trug, um seine Schuhe zu schonen – schnellen Schrittes die Treppe hinunterlief. Wir Kinder waren jedesmal eher verlegen als besorgt und hätten am liebsten weggeschaut, um die unschönen Szenen der Erwachsenen nicht miterleben zu müssen, wie jemand, der aus Versehen eine Respektsperson in einer sehr intimen Situation, vielleicht ohne Kleider oder auf der Toilette, überrascht und die Tür ganz schnell wieder zumacht, um sich anderen Dingen zuzuwenden.

Mit stoischer Gelassenheit reagierte unsere Mutter. Nichts und niemand konnte sie von ihren kleinen Alltagsbeschäftigungen abbringen: Radio hören, leckere Kochrezepte ausschneiden, die sie doch niemals ausprobieren würde, Ringe und Armreifen zum Polieren in Grappa einlegen oder, in der entsprechenden Jahreszeit, die Rosen im Garten beschneiden. Dabei sah sie mit ihrer alten, fleckenübersäten Schürze, den riesigen Maurerhandschuhen und den zerzausten Haaren unvorstellbar schlampig aus. Eine Landstreicherin sei nichts dagegen, stellte unser Vater immer wieder mit grausamer Unverblümtheit fest.

Tatsächlich war Mutters nachlässige Art, sich zu kleiden, einer der Hauptgründe für ihre Streitereien. Er, der sich so gern an der Seite einer eleganten, schmuckbehangenen Dame in Kostüm, Pelzmantel und hochhackigen Schuhen gezeigt hätte, war an eine Bäuerin geraten, die am liebsten in Männerhemden und derben Wollröcken herumlief und im Winter statt eines Mantels eine alte abgelegte Jacke von ihm trug. Doch damit nicht genug: Da sie Handtaschen verabscheute – so was hielt sie für affektiert –, mußten ihre Kleidertaschen herhalten, die stets ausgebeult waren. Da hinein stopfte sie alles mögliche: Geld, Schlüssel, Taschentuch, Bleistift, Bonbons und ab und zu auch mal ein kleines Fläschchen Parfum oder einen feuerroten Lippenstift, den sie jedoch nur in Ausnahmefällen auflegte.

Selbst wir Kinder konnten uns nie so recht mit ihrem Aufzug abfinden, er war uns sogar bisweilen peinlich, und so versuchten wir scheinheilig, sie auf nette Art zu warnen: »Heute ist es furchtbar kalt, es wäre bestimmt besser, wenn du einen Mantel anziehen würdest …« Zum Glück kam lässige Kleidung dann irgendwann ganz allgemein auch für Frauen in Mode; so redeten wir uns ein, daß unsere Mutter in Wirklichkeit ihrer Zeit schon immer voraus war.

Unsere Eltern stritten sich auch noch über andere ähnliche Nichtigkeiten, aber niemals über etwas Ernstes wie finanzielle Probleme oder unsere Erziehung, die sowieso, zumindest theoretisch und unserer Ansicht nach, weitgehend abgeschlossen war. Anlaß konnte ein mißlungenes Essen sein – das Fleisch war zu zäh, die Bratkartoffeln nicht knusprig genug, die Soße zu fad oder der Kuchen zu trocken –, verdorrende Blumen in der Vase, ein unbeantworteter Brief, der Kofferraum des Autos, der nicht ordentlich beladen war, ein (wie er meinte) in unangemessenem Ton geführtes Telefongespräch oder ein offenstehendes Fenster und die (wie er meinte) damit verbundene Gefahr, sich den Tod zu holen.

Die Kräche brachen hauptsächlich bei Tisch aus, sei es, weil der Grund nicht selten auf dem Teller lag, sei es, weil das der Ort war, wo die beiden sich am längsten gemeinsam aufhielten; außerdem gab es hier Zeugen, die man hineinziehen und möglicherweise für sich gewinnen konnte. Aber bevor es dazu kam, übernahm stets eins von uns Kindern die Vater- oder Mutterrolle, indem es den Eltern behutsam klarmachte, daß Soße, Bratkartoffeln und trockener Kuchen eigentlich nicht so wichtig waren.

Doch meistens saßen wir während dieser Ausbrüche mit gesenktem Blick da, eingeschüchtert und mucksmäuschenstill, hin- und hergerissen zwischen Unbehagen und Mitleid. Wir brannten nur darauf, die Mahlzeit so schnell wie möglich hinter uns zu bringen, um dem Schlachtfeld entfliehen und die beiden Streithähne sich selbst überlassen zu können. Natürlich nicht ohne einen Anflug von Gewissensbissen bei dem Gedanken, daß sich in unserer Abwesenheit der Ton zwischen den beiden durchaus noch weiter verschärfen konnte, wenn jeder ganz auf sich gestellt war: Mutter, das ewige kleine Mädchen mit den lausbubenhaften Manieren, und Vater, erschöpfter und älter als sie, der vor lauter Zorn nicht mehr aus noch ein wußte.

Der letzte Streit zwischen unseren Eltern entzündete sich beim Kartenspielen. Nicht genug damit, daß jeder der beiden an sich schon so aufbrausend war, daß sie nie länger als zehn Minuten zusammen sein konnten, ohne sich in die Wolle zu geraten, beharrten sie unbegreiflicherweise an besonders heiteren Tagen auch noch darauf, Karten zu spielen – zuverlässiger Zündstoff, um das Feuer zu entfachen, das im Nu eine wundersam friedliche Atmosphäre in einen Höllenspektakel verwandeln konnte.

Und auch wenn wir Geschwister das eigentlich schon kannten, so wunderten wir uns dennoch jedesmal aufs neue darüber, wie es möglich war, daß Erwachsene, ja, selbst ältere Menschen – als solche sahen wir unsere Eltern nämlich an, obwohl sie damals noch keine fünfzig waren – sich wegen eines Spiels, wegen eines Wortes, wegen nichts und wieder nichts wie Kinder in den Haaren liegen konnten. Mit dem Unterschied, daß wir, wenn wir uns stritten, als dumm und streitsüchtig hingestellt wurden – »Ihr seid doch schon groß, schämt ihr euch denn gar nicht?« –, während sie niemand tadeln durfte. Und derjenige von uns, der ausnahmsweise mal versuchte, sich einzumischen, lief Gefahr, sich einen gehörigen Rüffel zu holen.

An jenem besagten Tag stürmte unser Vater also wie gehabt Hals über Kopf, die Tür hinter sich zuknallend, aus dem Wohnzimmer, aber seine eiligen Schritte auf der Treppe blieben aus. Statt dessen war das dumpfe Knarren der hölzernen Stiege zu vernehmen, die auf den Dachboden führte. Neugierig spitzten wir die Ohren. Dort oben hängte man die Wäsche zum Trocknen auf, stellte bei starkem Regen Waschschüsseln bereit und jagte ab und zu mal eine Maus; alles Dinge, um die sich sonst nur die Frauen oder allenfalls die Kinder kümmerten.

Als unser Vater wieder herunterkam, hatte er Budischowsky bei sich, der erst seit kurzem von seinen Diensten, die er uns im Internat geleistet hatte, entbunden war und noch immer, selbst mit so vielen Jahren auf dem Buckel, intakt und gebrauchsfähig aussah. Bedrohlich schwenkte er ihn hin und her, aber bedrohlich wirkte auch der Koffer selbst, einfach deshalb, weil er ziemlich groß war und nicht für jemanden gemacht schien, der nur mal schnell irgendwohin reist, sondern eher für einen, der lange wegbleibt. Natürlich hätte unser Vater irgendein anderes Reiseutensil nehmen können, ein kleineres, praktischeres, leichteres, vielleicht eine Tasche oder einen Diplomatenkoffer, aber es wäre nicht dasselbe gewesen, es hätte nicht die gleiche Wirkung gehabt. Budischowsky sollte bedeuten: Ich weiß nicht, wann ich zurückkomme, ich nehme mir alle Zeit der Welt, erwartet mich nicht so bald zurück.

Das war uns allen klar, auch unserer Mutter, obwohl sie im ersten Augenblick gelangweilt mit den Achseln zuckte. Doch dann erhob sie sich in aller Ruhe und kramte aus dem Nähkorb Vaters löchrige Socken hervor, die schon seit Wochen dort schlummerten. Und im Schein der Lampe machte sie sich umgehend mit Nadel, Faden und Stopfei an die verhaßte Arbeit – ein Bild, das eine warme, heimelige Atmosphäre ausstrahlte, nach der man, sobald man sie einmal entbehrt, einfach Sehnsucht verspüren muß. Als sie dann über etwas völlig Belangloses zu reden anfing, klang ihre Stimme plötzlich ganz anders, rein und klar, und hatte nichts mehr mit dem schrillen, aufgeregten Gezeter gemein, das wir noch kurz vorher mitangehört hatten.

Aber unser Vater war bereits zur anderen Tür hinausmarschiert, nachdem er demonstrativ mit Budischowsky im Schlepptau einmal vor unser aller Augen das gesamte Wohnzimmer durchquert hatte. Damit wollte er auch uns Kindern die Schuld zuschieben, weil wir nicht für ihn Partei ergriffen hatten, weil wir ihn nie vor unserer Mutter in Schutz genommen hatten, weil wir mehr Zeit mit ihr verbrachten als mit ihm. Aber schließlich war ja vor allem sie diejenige, mit der wir über die Anschaffung von neuen Schuhen und Kleidungsstücken verhandelten, die wir wegen irgend etwas um Erlaubnis baten und mit der wir das Allernötigste, was am Tage so anfiel, besprachen. In Wirklichkeit zogen wir keinen Elternteil vor. Am liebsten hätten wir uns aus allem herausgehalten, so wie jemand, der Haus und Familie einfach aus seinem Gedächtnis streicht, oder jemand, der sich vielleicht schweren Herzens der beiden und ihrer hartnäckigen, erbitterten Kämpfe um das alltägliche Nichts erinnert.

Am Abend waren wir dann regelrecht verblüfft, als wir Budischowsky in der geräumigen Diele wiederfanden: zum einen, weil wir den Vorfall nach zwei Stunden bereits als eines der üblichen Wortgefechte abgehakt hatten, zum anderen, weil der Koffer offenstand und nur zur Hälfte gepackt war.

Vater war also weder fortgegangen, noch hatte er sich von Mutter getrennt. Folglich würde er am nächsten Tag seine Sachen wieder einräumen, Budischowsky auf den Dachboden zurückbringen, und alles wäre im üblichen Gleichgewicht, so wie vorher, nur diesmal ein wenig instabiler. Vielleicht hatte die Komödie der braven, Socken stopfenden Ehefrau, die unsere Mutter ihm aus dem Stegreif vorgespielt hatte, tatsächlich geholfen, ihn zu besänftigen.

Aber der Koffer blieb dort, bis er schließlich fast unsichtbar wurde, eine Art vertrautes Möbelstück, und dabei lag er völlig deplaziert auf dem Fußboden. Ab und zu, möglicherweise um Ordnungsliebe vorzutäuschen, vielleicht aber auch, um die unangenehme Episode ein für allemal aus der Welt zu schaffen, machte unsere Mutter den Deckel zu und stellte Budischowsky aufrecht hin, so als wollte sie unseren Vater dazu ermuntern, ihn ins Schlafzimmer zu tragen und auszupacken. Allerdings vergeblich, denn sogleich legte er ihn wieder mit geöffnetem Deckel auf den

Boden. Es war eindeutig: Budischowsky diente der Ehefrau und den Kindern gegenüber einzig und allein als Mahnung. Sie hatten ihn, das Familienoberhaupt, respektvoll zu behandeln, ihn nicht zu schikanieren, sollten folgsam und fröhlich sein, sonst würde er weggehen.

Obwohl wir uns an den Anblick des Koffers gewöhnt hatten, jagte er uns doch ein wenig Angst ein und zwang uns, unserem Vater liebenswürdiger und aufmerksamer zu begegnen als üblich. Geduldig hörten wir uns seine Reden über die düsteren Zeiten an, die uns bevorstünden, über die kleinen und großen Betrügereien, als deren Opfer er sich ständig sah, über die Niedertracht, die, wie er fand, in jedem menschlichen Wesen schlummerte, über den Argwohn, den wir, komme was wolle, selbst Verwandten und Freunden gegenüber walten lassen sollten, und seien sie noch so nett und großzügig. Und wir Kinder waren sogar bereit, nach dem Abendessen mit ihm Karten zu spielen, und um ihn bei Laune zu halten, ließen wir ihn fast immer gewinnen.

Während der ganzen Zeit, in der Budischowsky sich in der Diele befand, verzichteten unsere Brüder darauf, ihre Freundinnen oder, besser gesagt: die Mädchen, die sich irrtümlicherweise dafür hielten, mit nach Hause zu bringen. Ihre Anwesenheit störte nicht nur uns Schwestern, sondern vor allem auch unseren Vater. Als unschuldige oder zumindest einigermaßen unschuldige frischgebackene Internatsabsolventinnen ertrugen wir es nicht, mit ansehen zu müssen, wie sich die Verliebten ständig vor unseren Augen küßten, so als wären wir Luft, als wäre Küssen eine ganz banale Handlung, vergleichbar mit Essen und Trinken, und nicht etwas Erhabenes, Außergewöhnliches, etwas, das sich im geheimen abspielte. Zumindest hatten wir es uns in den langen Jahren der Klausur so ausgemalt.

Aber es war uns auch peinlich, denjenigen, die großen Wert aufs Erwachsensein legten, bei etwas so Kindischem wie Händchenhalten zusehen zu müssen, und noch weniger gefiel uns, ihnen zuzuhören, während sie sich mit Piepsstimmen Albernheiten zuraunten. Doch das schlimmste war, feststellen zu müssen, daß unsere Brüder, die im allgemeinen uns gegenüber ziemlich überheblich auftraten, bei ihren Freundinnen kuschten und sich geradezu unterwürfig verhielten. Das hatten wir weder erwartet, noch konnten wir es recht begreifen, so daß wir es in doppelter Hinsicht bedauerten, ohne männlichen Begleiter dazustehen. Denn sollte das die Regel sein, dann hätten auch wir eines Tages einen Freund, der uns gehorchen und verehren würde und uns wie ein Sklave zu Diensten stünde.

Unser Vater, der seine Gefühle nicht verbergen konnte, war um einiges intoleranter und zeigte seine Mißbilligung in aller Offenheit. Eindringlich musterte er die unglückseligen Mädchen von Kopf bis Fuß und versuchte dann, seine Töchter zu Verbündeten zu machen, um mit ihnen gemeinsam lästern zu können: »Habt ihr die häßlichen Beine gesehen?« Und wir schauten auf die Beine, die uns tatsächlich alles andere als schön vorkamen. »Wie findet ihr das Kleid, von den Schuhen mal ganz zu schweigen?« Und wir betrachteten Kleid und Schuhe, die ebenfalls meistens nicht unsere Zustimmung fanden. »Jetzt guckt euch bloß mal diese angemalten Augen und die lackierten Fingernägel an!«

Aber spätestens jetzt war uns das Gucken vergangen, denn es stellte sich allenfalls Neid auf diese Mädchen ein, die so geschickt mit Schminke und Nagellack umzugehen wußten.

Da unser Vater angesichts des ganzen Getues – so bezeichnete er gewisse Zärtlichkeiten – verärgert reagierte, indem er mit angewiderter Miene sein Gesicht abwandte, so als handelte es sich um eine höchst unanständige Veranstaltung, hielten sich unsere verliebten Brüder in seiner Gegenwart normalerweise mit Aufmerksamkeiten und Sentimentalitäten zurück: keine Liebkosungen, keine Schmeicheleien, keine albernen Piepsstimmen, statt dessen ein eher distanziertes, gleichgültiges, fast unwirsches Gebaren.

Um unseren Vater während der Wochen, besser gesagt: der Monate, in denen der Koffer geöffnet in der Diele lag, milde zu stimmen, bewiesen unsere

Brüder wenigstens soviel Taktgefühl, ihre jeweiligen Freundinnen von uns fernzuhalten, vor uns zu verstecken, wer weiß, vielleicht hatten sie ihnen auch den Laufpaß gegeben. Jedenfalls setzten die armen Dinger in dieser Zeit keinen Fuß in unser Haus. Und das Bild, das Vater sich fälschlicherweise von seinen Söhnen machte – wieder solo und gesittet und demzufolge wahrscheinlich mit neuerlicher Hingabe auf ihr Studium konzentriert –, verbesserte offenkundig seine Laune. Es ist deshalb möglich, daß dieses passive Verhalten dazu beitrug, das häufig drohende Donnerwetter glücklich zu vertreiben.

Im Gegensatz dazu schien unsere Mutter schon ziemlich bald das Interesse an Budischowsky verloren zu haben. Nach dem anfänglichen, leichten Schrekken, der sie dazu bewogen hatte, ihrer Stimme einen eher sanften Klang zu geben und praktisch an einem einzigen Abend Vaters sämtliche in den Nähkorb verbannten Socken zu stopfen, nahm sie nun die stumme, platzraubende Gegenwart des alten Koffers, der zu einem kleinen häuslichen Mahnmal der Trennung oder Scheidung geworden war, als gegeben hin.

Aber nach und nach verfiel sie, sobald sie sich an unseren Vater wandte, doch wieder in den gewohnt heftigen, sarkastischen Tonfall einer heranwachsenden Tochter, der alles, was die pedantischen Eltern sagen oder tun, auf die Nerven geht. Das führte dazu, daß Vater sich von Zeit zu Zeit demonstrativ an dem

Koffer zu schaffen machte und einen weiteren Pullover, ein Paar Socken oder ein Buch einpackte, wie um sein Vorhaben zu bekräftigen, alsbald die Flucht von zu Hause anzutreten. Dabei war jedoch keineswegs ausgeschlossen, daß er lediglich vortäuschte, noch das eine oder andere Kleidungsstück in den Koffer zu legen, um in Wirklichkeit irgendein anderes, das er dringend benötigte, wieder herauszufischen.

Aber auf einmal ließ unsere Mutter aus plötzlicher Ordnungsliebe, die in Wahrheit nicht ihrem Charakter entsprach, durch einen unerwarteten Handstreich den Koffer verschwinden. Obwohl er sie niemals sonderlich beunruhigt hatte, ertrug sie es offenbar nicht länger, ihn dort liegen zu sehen. Schließlich war er in ihren Augen eine ungerechte Warnung, eine kleine, grundlos klaffende Wunde, die ein für allemal versorgt werden mußte. Und noch bevor wir sein Verschwinden richtig bemerkten, verriet uns ihr triumphierender Ausdruck, daß das Problem nunmehr gelöst war, wenn auch auf völlig einseitige Art und Weise.

Unserem Vater, der schließlich im Haus dauernd aus- und einging, fiel die Leere erst nach zwei Tagen auf. Und unverzüglich, ohne auch nur einen Augenblick innezuhalten, ohne irgend jemandem eine einzige Frage zu stellen, dafür mit einem Gesicht, wie es finsterer nicht hätte sein können, machte er sich auf die Suche nach dem Koffer. Wie der Blitz schoß er die Treppe zum Dachboden hinauf, um kurz darauf ebenso geschwind mit noch finsterer Miene, aber ohne besagten Budischowsky wieder herunterzukommen.

Wie ausgelöscht waren mit einemmal die drei Monate, in denen die Gefahr einer Trennung sich nach und nach verflüchtigt hatte, vorbei die scheinbar zum Greifen nahe Hoffnung, der Angelegenheit ohne weitere Worte und viel Aufhebens still und leise ein Ende zu bereiten. Wieder herrschte offener Krieg zwischen unseren Eltern, und keiner wußte so recht, warum. Wieso stand der Koffer nicht mehr an seinem Platz, und wieso war er unauffindbar? Weshalb hatte Vater letztendlich doch den kürzeren ziehen müssen, oder weshalb hatte Mutter seine Provokationen viel zu lange erduldet?

Ratlos und unglücklich waren wir Kinder, als der alte Streit erneut mit aller Heftigkeit aufflammte, und wir beschworen unsere Mutter, uns zu verraten, wo sie Budischowsky versteckt hatte. Uns lag daran, ihn wieder in die Diele zurückzustellen, um auf diese Weise unseren Vater wenigstens etwas zu besänftigen. Und dabei hätten wir uns gewünscht, anders zu sein, so wie manche unserer Freunde, denen solche Kämpfe unbekannt oder schnurzpiepegal waren, die sich – mittlerweile erwachsen geworden – weitaus mehr abgenabelt hatten als wir. Die uns aufgezwungene Rolle war nach wie vor dieselbe: brave, folgsame

Kinder und kluge, geduldige Eltern, und das in Personalunion.

Wir hätten die – wenn auch vorgetäuschte – Harmonie, die anerzogene geheuchelte Höflichkeit, vielleicht sogar die langjährige bedrückende Sprachlosigkeit anderer Familien, Nachbarn, Bekannter den hitzigen Streitereien unserer Eltern vorgezogen. Besonders wenn dann noch in der schönen Jahreszeit die ganze Straße ihre bei offenem Fenster lautstark geführten Diskussionen und gegenseitigen Vorwürfe Wort für Wort mitanhören konnte.

Getreu ihrem unberechenbaren jugendlichen Temperament stritt Mutter ab, was auf der Hand lag: »Ich weiß nichts von diesem Koffer und will nichts davon wissen, ich habe ihn weder angerührt, noch interessiert mich, wo er gelandet ist. Aber ich bin heilfroh, daß er verschwunden ist. Fragt doch mal euren Vater. Womöglich hat der ihn weggeschleppt und erinnert sich bloß nicht mehr.«

Nach nicht allzulanger Suche fanden wir Budischowsky schließlich unter dem Bett unserer Mutter, wo sie ihn mehr schlecht als recht versteckt hatte. Vater nahm ihn wieder an sich und packte ihn sorgfältig bis obenhin voll, um ihn dann dorthin zurückzustellen, wo er vorher gestanden hatte. Aber diesmal war der Koffer vielleicht weniger Mahnung und Provokation als vielmehr Ausdruck erbitterter Feindschaft, sicheres Zeichen dafür, daß der Krieg weitergehen sollte – unvermindert und ohne absehbares Ende.

Eine Art Nebel, bisweilen dicht wie Watte, legte sich über das Haus und zwang seine Bewohner, sich mit aller Vorsicht zu bewegen, mit leiser Stimme zu sprechen, jedes Wort auf die Goldwaage zu legen, damit sich nur ja kein weiteres, noch heftigeres Scharmützel entzündete. Unsere Eltern wechselten kaum noch einen Satz miteinander. Wenn sie sich etwas mitzuteilen hatten, wandten sie sich an uns. »Der Elektriker ist heute schon wieder nicht erschienen«, verkündete unsere Mutter, um Vater vorzuwerfen, daß er sich nicht genug um die häuslichen Angelegenheiten kümmerte.

»Meine Hose hat schon wieder zwei Bügelfalten«, klagte unser Vater, um Mutter vorzuhalten, daß ihr ganz offensichtlich weder etwas an ihm noch an seinen Sachen lag.

Wir pendelten damals zwischen der Universität in einer entfernt liegenden Stadt und zu Hause hin und her, aber zu jener Zeit versuchten wir, unsere Besuche auf ein Minimum zu beschränken.

Doch als wir eines Tages nach Hause kamen, stellten wir zu unserer Überraschung fest, daß der Nebel sich verzogen hatte und Budischowsky nicht mehr aufgeklappt in der Diele lag. Vater und Mutter machten nicht die leiseste Andeutung. Statt dessen unter-

hielten sie sich ganz entspannt wie in ihren besten Zeiten über die anstehende Gartenarbeit, über den Winter, der nicht so kalt war wie sonst, über einen neuen Sofabezug und über mögliche zukünftige Reisen. Wir hüteten uns, eine Erklärung zu verlangen, und paßten uns liebend gern dem veränderten Klima an.

Schließlich verriet uns die Hausangestellte des Rätsels glückliche Lösung. Was unserer Mutter nicht gelungen war, hatte unser Hund geschafft, dieser hinterlistige, bissige Dackel, der tagtäglich den Koffer zu seinem Körbchen umfunktioniert hatte. Nachdem er einmal hineingesprungen war, um es sich zwischen den Kleidungsstücken bequem zu machen, hatte er offenbar an der Behausung derart Gefallen gefunden, daß er allmählich alle anderen ablehnte, einschließlich seiner Lieblingskiste, die seinetwegen mit einer bequemen Matratze gepolstert war. Obwohl das Tier unter Vaters persönlichem Schutz stand und im Haus nahezu Narrenfreiheit genoß – er sprang auf den Sesseln herum, bettelte am Eßtisch aufdringlich jeden an und zeigte dabei oft und gern die Zähne, sogar seinem Beschützer, der es stets gut mit ihm meinte –, wurde ihm nicht erlaubt, Budischowsky als Körbchen zu mißbrauchen, jedenfalls nicht für lange. Da Vater sich mit seiner raffinierten Kriegsstrategie veralbert vorkam, verständlicherweise aber wohl auch auf seine Kleidung bedacht war, ließ er den Koffer in einer

Nacht- und Nebelaktion verschwinden und brachte ihn wieder auf den Dachboden.

Es wurde kein Wort mehr darüber verloren, und die Sache hatte auch keine weiteren Folgen, außer daß wir Kinder seit dieser Zeit dem unsympathischen kleinen Hund gegenüber öfters mal ein Auge zudrückten. Und unsere Eltern trennten sich nicht, weder zum damaligen Zeitpunkt noch später, auch wenn sie wieder anfingen, sich auf die für sie normale Art zu bekriegen.

Budischowsky wurde ganz selbstverständlich und ohne lange Diskussion eingemottet, so wie man automatisch am Ende der Kindheit Puppen, Teddybären und anderes Spielzeug einmottet und später, wenn auch die Teenagerzeit vorüber ist, Rollschuhe, Tagebücher, Liebes- und Abenteuerromane. Wir schenkten dem Koffer einfach keine Beachtung mehr, und er wurde nicht mehr benutzt, zumal wir Kinder inzwischen jeder einen eigenen Koffer hatten, ganz abgesehen von einem eigenen Leben. Oder genaugenommen fand er doch noch Beachtung, und zwar bei unseren Eltern. Die versuchten nämlich, jeden von uns einzeln dazu zu überreden, ihn weiterhin zu benutzen, weil er doch noch gut und strapazierfähig sei, ein hervorragendes Erzeugnis früherer und besserer Zeiten, als alles noch mit der Hand gefertigt wurde. Dies lehnten wir jedoch geschlossen ab, denn auf alte, robuste, nach allen Regeln der Kunst hergestellte Gebrauchsgegenstände konnten wir zum damaligen Zeitpunkt sehr gut verzichten. Und das Ende des gemeinsamen Koffers bedeutete gleichzeitig das Ende unseres gemeinsamen Lebens.

Kurz darauf machte sich unser ältester Bruder – derjenige, der sich als Kind mit seinen Schulaufgaben am liebsten zu den Trunkenbolden in irgendwelchen Kneipen gesellte und sich zur Vogeljagd auf Bäumen herumtrieb, weshalb er letztlich im Internat landete – mit einem Stipendium in der Tasche nach Amerika auf, und bis heute ist er nicht zurückgekehrt. Einige wenige Male kam er zu Besuch, aber wir erkannten ihn kaum wieder. Mit seinem Akzent, seiner Kleidung und seinen amerikanischen Angehörigen blieb er uns fremd; und auch er muß sich fehl am Platze vorgekommen sein und sein Elternhaus wahrscheinlich als altmodisch und unbequem empfunden haben, war er doch von der Neuen Welt ganz anderes gewöhnt. Vielleicht bemitleidete er uns auch, jedenfalls schien er mit Ironie und Fassungslosigkeit auf die unveränderten Stätten seiner Kindheit zu blicken, als hätten sie nichts mehr mit ihm zu tun.

Der andere Bruder – das war der, dem das Brett auf den Kopf gefallen war –, hatte durch den Unfall keine weiteren Folgen davongetragen, außer eben einer Leidenschaft für alte Hölzer; davon versteht er was, er liebt sie geradezu. Er ist Antiquitätenhändler geworden und stets so hergerichtet wie seine Möbel, über die er spricht, als handelte es sich um Menschen: »Seit drei Monaten mache ich einer venezianischen Kommode den Hof. Das Schicksal wird uns früher oder später zusammenführen, ich spüre das.«

Und er macht Geschäfte. Seine Frau hat er in einem Schlößchen in den Alpen kennengelernt, das vollgestopft war mit Antiquitäten. Es war Liebe auf den ersten Blick. Im Gegensatz zu dem älteren Bruder schätzt er unser altes Haus mit allem, was sich darin befindet, und da er den Wert jedes einzelnen Stücks kennt, wird es ihm nicht schwerfallen, sich eines Tages die Sahnestücke herauszupicken. Als kleiner Junge hatte er diese enge Beziehung zu Möbeln noch nicht, und zur großen Empörung unserer Eltern hielt ihn nichts davon ab, überall seine Initialen einzuritzen.

Unsere kleine Schwester, die beharrlich und stolz dem Drängen unseres Vaters widerstanden hatte – der wollte sie bereits mit achtzehn Jahren unter die Haube bringen –, hat schließlich doch nachgegeben und geheiratet. Vielleicht liegt es daran, daß Papa damals zu sehr auf sie eingewirkt hat, jedenfalls ist sie mittlerweile glücklich bei Ehemann Nummer vier gelandet. Gott sei Dank haben die Ehen ihrem außerordentlichen Gedächtnis nichts anhaben können. Sie erinnert sich an alles und jedes, an alle möglichen Personen und Ereignisse, an alle erdenklichen Landschaften, und zwar ganz detailliert. Man braucht sie nur zu fragen, und sie erzählt. Zu Zauberinnen und Kartenlegerinnen geht man, um etwas über die Zukunft zu erfahren, während sie einem die Vergangenheit rekonstruiert. Schon als Kind war sie dafür bekannt, daß ihrem aufmerksamen Auge nichts entging: Sie konnte sich an Form und Farbe der Schuhe eines Gastes erinnern, so kurz dessen Besuch auch gewesen sein mochte, bemerkte selbst den kleinsten Fleck auf einem Kleidungsstück und wußte haargenau, ob der Pegel in der Whiskyflasche um einen halben Zentimeter gesunken war.

Ich hätte gern das Gedächtnis der kleinen Schwester, die Liebe zu alten Hölzern des Antiquitäten-Bruders und zugleich die Fähigkeit, alles zu vergessen, über die der Bruder in Amerika verfügt. Und ich bedauere, daß meine Kinder niemals mit einem Budischowsky verreist sind.

Der Papagei aus Böhmen

Seit langem befindet sich Budischowsky nun schon oben auf dem Dachboden, ausrangiert, regungslos und starr, vom ewigen Herumstehen ganz steif geworden. Wider Erwarten wirkt er geschrumpft, genauso wie die Möbel zu Hause, die sich auf wundersame Weise verkleinerten, wenn wir irgendwo im Urlaub weilten. Jedesmal wenn wir zurückkamen, waren Tische, Betten, Stühle und Kommoden niedriger, Sofas und Sessel schmaler. Zu unserem Erstaunen geschah dies Jahr für Jahr, aber immer nur dann, wenn wir unterwegs waren, niemals vor unseren Augen; bis sie schließlich zu einem bestimmten Zeitpunkt innehielten und gleich klein oder gleich groß blieben. Das war mehr oder weniger in dem Moment, in dem wir aufhörten zu wachsen.

Budischowsky hat jedoch erst kürzlich an Umfang verloren, nämlich als wir ihn nach vielen Jahren wiedersahen, um einiges kleiner als damals, ein Koffer von nahezu normaler Größe, nur ein wenig höher als die anderen. Bleibt die Frage, wie die Kleider von uns vieren Platz darin gefunden hatten, selbst wenn nur das Nötigste eingepackt wurde, wofür allein schon die Sparsamkeit unseres Vaters sprach, ganz zu schweigen von dem grundlegenden Desinteresse unserer Mutter an Kleidung. Heute würde noch weniger hineinpassen, was an dem hart gewordenen Leder liegt, welches einstmals geschmeidig war und nachgab, so daß der Koffer sich an jeder Seite ausbuchten konnte.

Keiner von uns käme je auf die Idee, ihn wegzuwerfen, denn »er könnte einem eines Tages vielleicht doch noch einmal gute Dienste leisten«, so unsere Ausrede. Im Grunde genommen ist er ja in Ordnung: Das Schweinsleder, aus dem er gefertigt wurde, ist praktisch unversehrt, abgesehen von den unzähligen Flecken, aber die waren schließlich auch damals schon vorhanden. In Wirklichkeit lassen wir ihn seit Jahren da oben stehen und einstauben, weil er Erinnerungen von uns allen in sich birgt, die wiederauftauchen, sobald wir ihn sehen, ihn berühren, die Hände sacht über seine Schnallen gleiten lassen. Doch das alles ist ganz selbstverständlich, niemals wird auch nur ein einziges Wort darüber verloren, denn es erschiene uns unpassend.

Natürlich hat Herr Budischowsky, der Kofferfabrikant aus Böhmen, längst das Zeitliche gesegnet. Geblieben ist sein Grab auf dem Friedhof von Brünn. Ein kleines ovales Foto zeigt dort einen Mann mittleren Alters mit einem riesigen schwarzen Schnurrbart, der eine Hälfte seines Gesichts verdeckt. Soweit man ihn erkennen kann, ähnelt er eher einem Gelehrten als einem Handwerker, der Lederwaren herstellt. Und tatsächlich war er das auch in gewissem Sinne. Weitaus stolzer als auf seine Koffer – so hatte unser Vater uns immer wieder erzählt – war er nämlich auf den Papagei, den er in seiner Werkstatt hielt und dem er beigebracht hatte, ihn mit den Worten zu begrüßen: »Guten Tag, Herr Budischowsky.«

PIPER

Isabella Bossi Fedrigotti

Der Tag, an dem er ging

Roman. Aus dem Italienischen von Monika Lustig.
240 Seiten. Serie Piper

Eine Großstadt, irgendwo im reichen, eleganten Norden Italiens. Paolo ist fünfunddreißig Jahre alt, gutaussehend, hat eine vielversprechende Karriere vor sich und steht kurz vor der Heirat mit der schönen, erfolgreichen Beatrice – ein Leben wie aus dem Bilderbuch. Doch plötzlich verschwindet er spurlos. Zurück läßt er lauter unbeantwortete Fragen und eine bestürzte Familie. Seine verwitwete Mutter, sein Bruder, seine Schwester, seine Verlobte, sein bester Freund: Sie alle versuchen, Stück für Stück Paolos Vergangenheit zu rekonstruieren, und dabei entsteht das verstörende Bild eines Mannes, der so ganz anders war, als alle dachten …
Mit diesem spannenden Familiendrama über Schein und Sein knüpft Isabella Bossi Fedrigotti gekonnt an den Erfolg von »Zwei Schwestern aus gutem Hause« an.

01/1452/01/R

PIPER ORIGINAL

Giorgio Todde

Der Tod der Donna Milena

Ein Sardinien-Krimi. Aus dem Italienischen von Monika Cagliesi. 192 Seiten. Klappenbroschur

Sardinien Ende des 19. Jahrhunderts: In einem abgelegenen Dorf in den Bergen glauben alle an das Gleichgewicht der Seelen. Nicht nur der Pfarrer Don Càvili weiß: Wenn ein Kind geboren wird, muß dafür jemand gehen. Die schwangere Piccosa verheißt daher nicht nur neues Leben. Daß es die reiche, verbitterte Donna Milena trifft, scheint nur gerecht. Aus Neid wollte sie den letzten Willen ihres Mannes verhindern, der die schöne Graziana mit seinem gesamten Vermögen bedachte. Doch der Tod folgt seinen eigenen Gesetzen, und so macht sich der berühmte Einbalsamierer Efisio Marini daran, Donna Milenas Leiche zu öffnen.

04/1040/01/R

PIPER

Henning Klüver

Gebrauchsanweisung für Italien

191 Seiten. Gebunden

Alle lieben Italien – das Land, wo die Zitronen blühen, wo die Frauen schön sind und der Espresso aromatisch. Glaubt man. Aber was blüht jenseits des Brenners wirklich? Was essen die Italiener, wenn die Mamma keine Lust auf Pizza und Pasta hat? Und warum tragen fast alle unsere Schuhe das Gütesiegel Made in Italy?
Henning Klüver weiß es. Mit leichter Hand widmet er sich den ureigensten Domänen der Italiener: der Familie und der Mafia, der Mode und der Piazza, der Kirche und dem guten Essen. Er kennt den Unterschied zwischen Osteria und Ristorante, er weiß, warum die italienische Innenpolitik einer Daily Soap in nichts nachsteht und wieso schon lange kein Italiener mehr ohne Handy auskommt.

01/1065/01/R